NUSSKNACKER UND MAUSEKÖNIG

NUSSKNA
MAUSE

TEXT VON

E.T.A. HOFFMANN

C.BERT

CKER UND
KÖNIG

BILDER VON

MAURICE SENDAK

SMANN

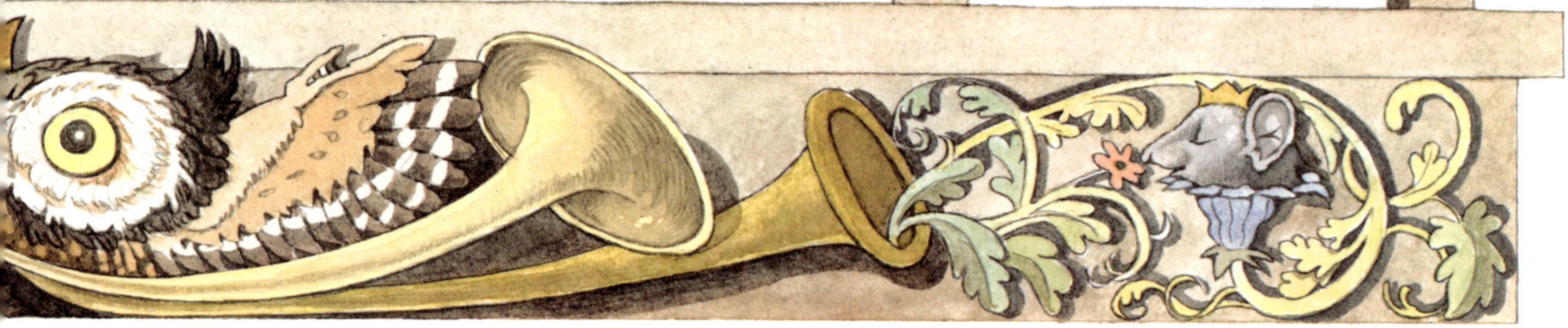

Francia Russell für die Idee
Kent Stowell für die Gestaltung
den Tänzerinnen und Tänzern
des Pacific Northwest Ballet
für die Ausführung

Inhalt

Vorwort

Meine erste Reaktion auf die Bitte, daß ich die gesamte Ausstattung für das *Nußknacker*-Ballett übernehmen sollte, war negativ. Das Angebot kam Anfang 1981 von Kent Stowell, dem Direktor des *Pacific Northwest Ballet*. Ich war geschmeichelt, aber ich hatte zahlreiche und triftige Gründe, nein zu sagen. Zunächst: Wer auf Gottes weiter Welt brauchte denn *noch* einen *Nußknacker*? Der obligatorische Weihnachtsbaum und die ebenso obligatorischen Szenen im Reich der Süßigkeiten nahmen mir von vornherein die Lust. Und das phantastische Thema mit seinen vielfältigen Bezügen auf Kinder schien mir paradoxerweise zu passend, zu vorhersagbar. Ich wollte aber nichts zu schaffen haben mit dem zuckersüßen Geschehen dieses, wie ich meinte, fadesten und banalsten aller Ballette. Außerdem – und das fiel am meisten ins Gewicht – hatte ich nach drei Opern und einem Musical für Kinder nicht die leiseste Ahnung, wie man an ein Ballett heranging. Und woher sollte ich die Zeit nehmen, ein so gigantisches Projekt zu gestalten – zwei Akte und über einhundertachtzig Kostüme?

Natürlich machte ich es dann doch. Oder vielmehr: Wir machten es gemeinsam. Meine Zweifel und Befürchtungen legten sich zum größten Teil, als ich Anfang 1981 in New York zum erstenmal mit Kent zusammentraf. Ich mochte

ihn sofort, weil er *nicht* wollte, daß ich den *Nußknacker* aus all den naheliegenden, augenfälligen Gründen machte, sondern weil er wollte, daß ich mit ihm einen Sprung ins Unbekannte wagte. Er schlug vor, daß wir den alten, sattsam bekannten *Nußknacker* ausrangieren und eine neue Fassung erarbeiten sollten, die Hoffmann, Tschaikowsky und uns zur Ehre gereichte.

Später im Jahr lud mich Kent nach Seattle ein, damit ich den alten *Nußknacker* des Ensembles sah. Inzwischen hatte ich mich in das Projekt verliebt, und nach Weihnachten 1981 ging ich ernsthaft an die Arbeit.

Es steht außer Frage, daß dieses Ballett beim Publikum »ankommt«. Meistens verfehlt es seine Wirkung nicht einmal, wenn es mittelmäßig inszeniert ist. Doch wir fanden – wie schon viele vor uns –, daß es gewissermaßen renovierungsbedürftig war. Was im ersten Akt an Dramatik steckt, verflüchtigt sich spurlos in der Faschingsatmosphäre des zweiten Aktes. Unser Ziel war, eine Brücke zwischen den beiden Akten zu schlagen und die volle Aufmerksamkeit des Publikums auf unsere Heldin Klara (im Buch: Marie) zu lenken.

Mein erster Schritt war der, daß ich zu den Quellen zurückkehrte: zu E. T. A. Hoffmann, der 1816 das erstaunliche Märchen *Nußknacker und Mausekönig* geschrieben hatte. Ich verschlang diese Geschichte buchstäblich. Und das Ergebnis der Lektüre war... Verwirrung. Es bestand ein erheblicher Unterschied zwischen dem Original und den Vorgängen auf der Bühne. Wie kam's?

Jack Andersons Buch *The Nutcracker Ballet* half mir bei der Lösung dieses Rätsels. Das Libretto des Balletts ist eine Art Verschnitt, hergestellt im Jahre 1891 von Iwan Alexandrowitsch Wsewoloschki, dem Direktor des Kaiserlichen

Theaters in St. Petersburg, und dem Choreographen Marius Petipa. Beide hatten schon beim *Dornröschen* mit Tschaikowsky zusammengearbeitet.
Statt direkt von Hoffmann auszugehen, hatten die Künstler als Vorlage für ihr Libretto eine populäre französische Fassung des Märchens gewählt, den *Nußknacker von Nürnberg* von Alexandre Dumas. Wsewoloschki vereinfachte den Dumas für die Bühne noch zusätzlich, und damit entfernte sich das Ganze gefährlich weit vom Original. Warum, so fragt man sich, verfielen die beiden Künstler ausgerechnet auf dieses Märchen? Das Original ist zu lang und zu kompliziert für ein eingängiges und übersichtliches Ballett. Die Version vom *Nußknacker*, die dem Publikum heute geläufig ist, ist bis zur Unkenntlichkeit geglättet, harmlos und nicht nur bar aller Wirrungen des Originals, sondern auch des Unheimlichen und Dunklen, die Hoffmanns Märchen in den Rang eines Meisterwerks erheben.
Tschaikowsky, verständlicherweise enttäuscht über dieses Libretto, komponierte zum Glück eine Partitur, die mit ihren Nebentönen und mit ihrem erotischen Flair Hoffmann sehr viel näher steht als Dumas. Seine Musik ist schön und originell. Und sie wird der kindlichen Innenwelt gerecht. Auf das Gespür eines Genies ist eben doch Verlaß.
Das dramaturgische Problem bestand in Kents und meiner Sicht darin, daß die überaus wichtige Nebenhandlung – bei Hoffmann ein Märchen im Märchen – im Ballett einfach fehlt. Dabei verleiht dieses »Märchen von der harten Nuß« dem Ganzen erst dramatischen Sinn und psychologische Bedeutung. Sein Fehlen führt dazu, daß das Ballett keine Mitte hat, keinen Angelpunkt. Nun

waren wir nicht so töricht oder so eitel, uns einzubilden, wir könnten dieses Problem vollständig lösen. Aber wir waren fest entschlossen, soviel wie möglich vom Original in unserem Libretto unterzubringen. Das geschah nicht aus Pedanterie, ja nicht einmal, um Hoffmann Genüge zu tun. Wir wollten dem Ballett bloß einen dramatischen Mittelpunkt geben.

Man geht oft mit sonderbaren, quasi magischen Mitteln an ein Projekt heran. Als ich mit dem *Nußknacker* anfing, war ich voller Erwartung und harrte auf ein Zeichen. Es kam von E. T. A. Hoffmann selbst, der aus Verehrung für Mozart, den liebenswertesten und größten aller Künstler, seinen dritten Vornamen in »Amadeus« umänderte. Tschaikowsky wiederum bewunderte Mozart tief und schrieb eine Reihe von Kompositionen, mit denen er diesem Meister huldigte, der auch mein ganz besonderer »Held« ist. Und so tauchte er denn plötzlich auf in unserer Inszenierung, sozusagen der Großpapa aller Beteiligten.

Meine ersten Skizzen und Modelle gaben mir keinen Hinweis darauf, an welchem Ort und in welcher Zeit ich meinen *Nußknacker* ansiedeln würde. Doch langsam dämmerte mir, daß diese Frage in meinem Unterbewußtsein schon längst geklärt war. Das magische Dreigestirn Mozart, Hoffmann, Schinkel hatte mich bereits dahin gebracht, das Ballett in »ihre« Zeit zu verlegen, in die Zeit zwischen 1790 und 1830. Die reiche und doch strenge Formgebung des Klassizismus – auch des klassizistischen Bühnenkostüms – paßte perfekt zu meinen Vorstellungen von Klara und ihrer Welt.

Kent und ich fühlten uns auf verschiedene Weise zu Klara hingezogen. Ich begabte sie mit der Klugheit und Stärke, die ich all meinen Kindern verleihe, und stellte sie dann in ein wahres Minenfeld von Problemen. Kent meinte, sie müsse älter sein als Hoffmanns siebenjährige Marie. Und so schufen wir gemeinsam eine Zwölfjährige, ganz lustige Frechheit und Neugier, die die Welt verschlingt mit ihren Augen und ihrer Phantasie und in der gerade die ersten wunderbaren, bangen erotischen Empfindungen erwachen. Die Bühne wurde Klaras halb wirklicher, halb alptraumhafter Ereignisraum. Und das Drama wuchs organisch, während wir zusahen, wie sie ängstlich und doch voll Überschwang diesen Ereignisraum durchschritt.

Weil wir weder genügend Zeit noch genügend Musik hatten, um die ganze komplizierte Geschichte zu erzählen, verknappten wir sie zu einer kurzen, symbolträchtigen und – wie wir hoffen – eindrucksvollen Episode. Es war wesentlich, daß die besondere Art der Beziehung zwischen Klara und Droßelmeier deutlich wurde. Die kleine Szene, die wir erfanden, enthält in gedrängter Form Klaras Vision von diesem halben Kind und halbem Mann. Auch Prinzessin Pirlipat aus dem Märchen im Märchen wurde eingeführt, die Verbindungen zwischen ihr und Klara und dem Nußknackerprinzen wurden aufgezeigt. Um all dies in knapp drei Minuten zu schaffen, brauchten wir unbedingt noch Musik.

Bei einem meiner Arbeitsbesuche in Seattle machte ich Kent auf Tschaikowskys Oper *Pique Dame* aufmerksam, besonders aber auf ein bezauberndes Mozart-Zitat in diesem Werk, das mir für unsere Zwecke bestens geeignet schien. Kent nahm sich der Musik an und erweckte sie auf der Bühne zum Leben. Und so erschien Mozart zweimal in unserem *Nußknacker* – plastisch als Büste auf Klaras Spielzeugschrank und musikalisch als Divertissement am Weihnachtsabend der Familie Stahlbaum.

Was das Finale betraf, entschieden Kent und ich uns gegen die abgedroschenste aller abgedroschenen Szenen, das Reich der Süßigkeiten. Bei Hoffmann ist das nur ein kurzes, ironisches Zwischenspiel. Der Geist unseres Librettos führte uns anderswo hin. Aber wohin genau? Nach einigen falschen Schritten beriet ich mich mit dem findigen Regisseur Frank Corsaro, meinem Mitarbeiter und Lehrer. Er zwang mich einfach, der inneren Logik unseres Librettos zu folgen und tapfer in die Richtung zu marschieren, die es uns wies: in ein Serail des 18. Jahrhunderts, voll von ausgelassener Fröhlichkeit und erotischen Marotten, wie sie typisch waren für diese Zeit. Natürlich kommt in Hoffmanns Märchen kein Serail vor, aber Kent und ich beschlossen auch hier, uns mehr dem Geist als dem Buchstaben nach an Hoffmann zu halten.

Hoffmanns Geist getreu zu sein, war auch meine Richtschnur bei diesem bebilderten *Nußknacker*-Buch. Als ich von der Rolle des Bühnen- und Kostümbildners zu der des Illustrators wechselte, sah ich mich einem kuriosen Dilemma gegenüber. Im Märchen gibt es ja ganze Abschnitte, die nicht auf der Bühne erscheinen. Statt irgend etwas gewaltsam umzumodeln, damit es ins Buch paßte, beschloß ich, das »Märchen von der harten Nuß« vollständig zu illustrieren. Und deshalb bestehen die Bilder zu diesem Buch aus zwei verschiedenen Abteilungen. Zum einen die Bühnenbilder und Kostüme des Balletts, zum anderen die neuen, eigens für das Märchen angefertigten Illustrationen. Dazu kommen noch einige Ergänzungen zu den Bühnenbildern und ein paar Extras, denen ich einfach nicht widerstehen konnte. Das mag eine gewisse stilistische Verschiedenheit zwischen den einzelnen Abschnitten erklären. Ich hoffe, daß ich Hoffmann trotzdem gerecht geworden bin und – dies vor allem – keinen Verrat am »verrückten« Geist seiner »verrückten« Geschichte geübt habe.

Die Premiere des *Nußknacker* im Dezember 1983 in Seattle war für Kent, sein Ensemble und mich ein großes Ereignis. Wir sehen zwar voll und ganz die Mängel unserer Inszenierung, aber es stimmt uns zufrieden, daß sich sein und mein kreatives Selbst bei dieser harten Arbeit zu einer angenehmen und erfreulichen Partnerschaft zusammengefunden haben. Es ist von den ersten Takten von Maries Traum bis zur unerwarteten Apotheose wirklich und wahrhaftig unser *Nußknacker*.

MAURICE SENDAK
April 1984
Ridgefield / Connecticut

NUSSKNACKER UND MAUSEKÖNIG

PIRLIPAT

MAUSEKÖNIG
NUSSKNACKER

Der Weihnachtsabend

Am vierundzwanzigsten Dezember durften die Kinder des Medizinalrats Stahlbaum den ganzen Tag über durchaus nicht in die Mittelstube hinein, viel weniger in das daranstoßende Prunkzimmer. In einem Winkel des Hinterstübchens zusammengekauert saßen Fritz und Marie, die tiefe Abenddämmerung war eingebrochen, und es wurde ihnen recht schaurig zumute, als man, wie es gewöhnlich an dem Tage geschah, kein Licht hereinbrachte. Fritz entdeckte ganz insgeheim wispernd der jüngern Schwester (sie war eben erst sieben Jahr alt worden), wie er schon seit frühmorgens es habe in den verschlossenen Stuben rauschen und rasseln und leise pochen hören. Auch sei nicht längst ein kleiner dunkler Mann mit einem großen Kasten unter dem Arm über den Flur geschlichen, er wisse aber wohl, daß es niemand anders gewesen als Pate Droßelmeier.

Da schlug Marie die kleinen Händchen vor Freude zusammen und rief: »Ach, was wird nur Pate Droßelmeier für uns Schönes gemacht haben.«

Der Obergerichtsrat Droßelmeier war gar kein hübscher Mann, nur klein und mager, hatte viele Runzeln im Gesicht, statt des rechten Auges ein großes schwarzes Pflaster und auch gar keine Haare, weshalb er eine sehr schöne weiße Perücke trug, die war ein künstliches Stück Arbeit. Überhaupt war der

Pate ein sehr künstlicher Mann, der sich sogar auf Uhren verstand und selbst welche machen konnte. Wenn daher eine von den schönen Uhren in Stahlbaums Hause krank war und nicht singen konnte, dann kam Pate Droßelmeier, nahm die Perücke ab, zog sein gelbes Röckchen aus, band eine blaue Schürze um und stach mit spitzigen Instrumenten in die Uhr hinein, so daß es der kleinen Marie ordentlich wehe tat, aber es verursachte der Uhr gar keinen Schaden, sondern sie wurde vielmehr wieder lebendig und fing gleich an, recht lustig zu schnurren, zu schlagen und zu singen, worüber denn alles große Freude hatte. Immer trug er, wenn er kam, was Hübsches für die Kinder in der Tasche, bald ein Männlein, das die Augen verdrehte und Komplimente machte, welches komisch anzusehen war, bald eine Dose, aus der ein Vögelchen heraushüpfte, bald was anderes. Aber zu Weihnachten, da hatte er immer ein schönes künstliches Werk verfertigt, das ihm viel Mühe gekostet, weshalb es auch, nachdem es einbeschert worden, sehr sorglich von den Eltern aufbewahrt wurde.

»Ach, was wird nur Pate Droßelmeier für uns Schönes gemacht haben«, rief nun Marie; Fritz meinte aber, es könne wohl diesmal nichts anders sein als eine Festung, in der allerlei sehr hübsche Soldaten auf- und abmarschierten und exerzierten, und dann müßten andere Soldaten kommen, die in die Festung hineinwollten, aber nun schössen die Soldaten von innen tapfer heraus mit Kanonen, daß es tüchtig brauste und knallte.

»Nein, nein«, unterbrach Marie den Fritz, »Pate Droßelmeier hat mir von einem schönen Garten erzählt, darin ist ein großer See, auf dem schwimmen sehr herrliche Schwäne mit goldnen Halsbändern herum und singen die hübschesten Lieder. Dann kommt ein kleines Mädchen aus dem Garten an den See und lockt die Schwäne heran und füttert sie mit süßem Marzipan.«

»Schwäne fressen keinen Marzipan«, fiel Fritz etwas rauh ein, »und einen ganzen Garten kann Pate Droßelmeier auch nicht machen. Eigentlich haben wir wenig von seinen Spielsachen; es wird uns ja alles gleich wieder weggenommen, da ist mir denn doch das viel lieber, was uns Papa und Mama einbescheren, wir behalten es fein und können damit machen, was wir wollen.«

Nun rieten die Kinder hin und her, was es wohl diesmal wieder geben könne. Marie meinte, daß Mamsell Trutchen (ihre große Puppe) sich sehr verändere, denn ungeschickter als jemals, fiele sie jeden Augenblick auf den Fußboden, welches ohne garstige Zeichen im Gesicht nicht abginge, und dann sei an

Reinlichkeit in der Kleidung gar nicht mehr zu denken. Alles tüchtige Ausschelten helfe nichts. Auch habe Mama gelächelt, als sie sich über Gretchens kleinen Sonnenschirm so gefreut.
Fritz versicherte dagegen, ein tüchtiger Fuchs fehle seinem Marstall durchaus so wie seinen Truppen gänzlich an Kavallerie, das sei dem Papa recht gut bekannt.
So wußten die Kinder wohl, daß die Eltern ihnen allerlei schöne Gaben eingekauft hatten, die sie nun aufstellten, es war ihnen aber auch gewiß, daß dabei der liebe Heilige Christ mit gar freundlichen frommen Kindesaugen hineinleuchte und daß, wie von segensreicher Hand berührt, jede Weihnachtsgabe herrliche Lust bereite wie keine andere. Daran erinnerte die Kinder, die immerfort von den zu erwartenden Geschenken wisperten, ihre ältere Schwester Luise, hinzufügend, daß es nun aber auch der Heilige Christ sei, der durch die Hand der lieben Eltern den Kindern immer das beschere, was ihnen wahre Freude und Lust bereiten könne, das wisse er viel besser als die Kinder selbst, die müßten daher nicht allerlei wünschen und hoffen, sondern still und fromm erwarten, was ihnen beschert worden.
Die kleine Marie wurde ganz nachdenklich, aber Fritz murmelte vor sich hin: »Einen Fuchs und Husaren hätt ich nun einmal gern.«
Es war ganz finster geworden. Fritz und Marie, fest aneinandergerückt, wagten kein Wort mehr zu reden, es war ihnen, als rausche es mit linden Flügeln um sie her und als ließe sich eine ganz ferne, aber sehr herrliche Musik vernehmen. Ein heller Schein streifte an der Wand hin, da wußten die Kinder, daß nun das Christkind auf glänzenden Wolken fortgeflogen zu andern glücklichen Kindern.
In dem Augenblick ging es mit silberhellem Ton: Klingling, klingling, die Türen sprangen auf, und solch ein Glanz strahlte aus dem großen Zimmer hinein, daß die Kinder mit lautem Ausruf: »Ach! – Ach!« wie erstarrt auf der Schwelle stehen blieben.
Aber Papa und Mama traten in die Türe, faßten die Kinder bei der Hand und sprachen: »Kommt doch nur, kommt doch nur, ihr lieben Kinder, und seht, was euch der Heilige Christ beschert hat.«

Die Gaben

ICH WENDE MICH an dich selbst, sehr geneigter Leser oder Zuhörer Fritz – Theodor – Ernst – oder wie du sonst heißen magst, und bitte dich, daß du dir deinen letzten, mit schönen bunten Gaben reich geschmückten Weihnachtstisch recht lebhaft vor Augen bringen mögest, dann wirst du es dir wohl auch denken können, wie die Kinder mit glänzenden Augen ganz verstummt stehen blieben, wie erst nach einer Weile Marie mit einem tiefen Seufzer rief: »Ach, wie schön – ach, wie schön«, und Fritz einige Luftsprünge versuchte, die ihm überaus wohl gerieten.

Aber die Kinder mußten auch das ganze Jahr über besonders artig und fromm gewesen sein, denn nie war ihnen so viel Schönes, Herrliches einbeschert worden als dieses Mal. Der große Tannenbaum in der Mitte trug viele goldne und silberne Äpfel, und wie Knospen und Blüten keimten Zuckermandeln und bunte Bonbons und was es sonst noch für schönes Naschwerk gibt aus allen Ästen. Als das Schönste an dem Wunderbaum mußte aber wohl gerühmt werden, daß in seinen dunkeln Zweigen hundert kleine Lichter wie Sternlein funkelten und er selbst, in sich hinein- und herausleuchtend, die Kinder freundlich einlud, seine Blüten und Früchte zu pflücken.

Um den Baum umher glänzte alles sehr bunt und herrlich – was es da alles für

schöne Sachen gab – ja, wer das zu beschreiben vermöchte! Marie erblickte die zierlichsten Puppen, allerlei saubere kleine Gerätschaften, und was vor allem schön anzusehen war, ein seidenes Kleidchen, mit bunten Bändern zierlich geschmückt, hing an einem Gestell so der kleinen Marie vor Augen, daß sie es von allen Seiten betrachten konnte, und das tat sie denn auch, indem sie einmal über das andere ausrief: »Ach, das schöne, ach, das liebe – liebe Kleidchen; und das werde ich – ganz gewiß – das werde ich wirklich anziehen dürfen!«

Fritz hatte indessen schon, drei- oder viermal um den Tisch herumgaloppierend und -trabend, den neuen Fuchs versucht, den er in der Tat am Tische angezäumt gefunden. Wieder absteigend, meinte er, es sei eine wilde Bestie, das täte aber nichts, er wolle ihn schon kriegen, und musterte die neue Schwadron Husaren, die sehr prächtig in Rot und Gold gekleidet waren, lauter silberne Waffen trugen und auf solchen weißglänzenden Pferden ritten, daß man beinahe hätte glauben sollen, auch diese seien von purem Silber.

Eben wollten die Kinder, etwas ruhiger geworden, über die Bilderbücher her, die aufgeschlagen waren, daß man allerlei sehr schöne Blumen und bunte Menschen, ja auch allerliebste spielende Kinder, so natürlich gemalt, als lebten und sprächen sie wirklich, gleich anschauen konnte. – Ja! Eben wollten die Kinder über diese wunderbaren Bücher her, als nochmals geklingelt wurde. Sie wußten, daß nun der Pate Droßelmeier einbescheren würde, und liefen nach dem an der Wand stehenden Tisch. Schnell wurde der Schirm, hinter dem er so lange versteckt gewesen, weggenommen.

Was erblickten da die Kinder! Auf einem grünen, mit bunten Blumen geschmückten Rasenplatz stand ein sehr herrliches Schloß mit vielen Spiegelfenstern und goldnen Türmen. Ein Glockenspiel ließ sich hören, Türen und Fenster gingen auf, und man sah, wie sehr kleine, aber zierliche Herrn und Damen mit Federhüten und langen Schleppkleidern in den Sälen herumspazierten. In dem Mittelsaal, der ganz in Feuer zu stehen schien – so viel Lichterchen brannten an silbernen Kronleuchtern –, tanzten Kinder in kurzen Wämschen und Röckchen nach dem Glockenspiel. Ein Herr in einem smaragdenen Mantel sah oft durch ein Fenster, winkte heraus und verschwand wieder, sowie auch Pate Droßelmeier selbst, aber kaum viel höher als Papas Daumen, zuweilen unten an der Tür des Schlosses stand und wieder hineinging.

Fritz hatte mit auf den Tisch gestemmten Armen das schöne Schloß und die

tanzenden und spazierenden Figürchen angesehen, dann sprach er: »Pate Droßelmeier! Laß mich mal hineingehen in dein Schloß!«
Der Obergerichtsrat bedeutete ihn, daß das nun ganz und gar nicht anginge. Er hatte auch recht, denn es war töricht von Fritzen, daß er in ein Schloß gehen wollte, welches überhaupt mitsamt seinen goldnen Türmen nicht so hoch war als er selbst. Fritz sah das auch ein.
Nach einer Weile, als immerfort auf dieselbe Weise die Herrn und Damen hin und her spazierten, die Kinder tanzten, der smaragdne Mann zu demselben Fenster heraussah, Pate Droßelmeier vor die Türe trat, da rief Fritz ungeduldig: »Pate Droßelmeier, nun komm mal zu der andern Tür da drüben heraus.«
»Das geht nicht, liebes Fritzchen«, erwiderte der Obergerichtsrat.
»Nun, so laß mal«, sprach Fritz weiter, »laß mal den grünen Mann, der so oft herauskuckt, mit den andern herumspazieren.«
»Das geht auch nicht«, erwiderte der Obergerichtsrat aufs neue.
»So sollen die Kinder herunterkommen«, rief Fritz, »ich will sie näher besehen.«
»Ei, das geht alles nicht«, sprach der Obergerichtsrat verdrießlich, »wie die Mechanik nun einmal gemacht ist, muß sie bleiben.«
»So-o?« fragte Fritz mit gedehntem Ton. »Das geht alles nicht? Hör mal, Pate Droßelmeier, wenn deine kleinen geputzten Dinger in dem Schlosse nichts

mehr können als immer dasselbe, da taugen sie nicht viel, und ich frage nicht sonderlich nach ihnen. Nein, da lob ich mir meine Husaren, die müssen manövrieren vorwärts, rückwärts, wie ich's haben will, und sind in kein Haus gesperrt.« Und damit sprang er fort an den Weihnachstisch und ließ seine Eskadron auf den silbernen Pferden hin und her trottieren und schwenken und einhauen und feuern nach Herzenslust.

Auch Marie hatte sich sachte fortgeschlichen, denn auch sie wurde des Herumgehens und Tanzens der Püppchen im Schlosse bald überdrüssig und mochte es, da sie sehr artig und gut war, nur nicht so merken lassen wie Bruder Fritz.

Der Obergerichtsrat Droßelmeier sprach ziemlich verdrießlich zu den Eltern: »Für unverständige Kinder ist solch künstliches Werk nicht, ich will nur mein Schloß wieder einpacken.«

Doch die Mutter trat hinzu und ließ sich den innern Bau und das wunderbare, sehr künstliche Räderwerk zeigen, wodurch die kleinen Püppchen in Bewegung gesetzt wurden.

Der Rat nahm alles auseinander und setzte es wieder zusammen. Dabei war er wieder ganz heiter geworden und schenkte den Kindern noch einige schöne braune Männer und Frauen mit goldnen Gesichtern, Händen und Beinen. Sie waren sämtlich aus Honigteig und rochen so süß und angenehm wie Pfefferkuchen, worüber Fritz und Marie sich sehr erfreuten. Schwester Luise hatte, wie es die Mutter gewollt, das schöne Kleid angezogen, welches ihr einbeschert worden, und sah wunderhübsch aus, aber Marie meinte, als sie auch ihr Kleid anziehen sollte, sie möchte es lieber noch ein bißchen so ansehen. Man erlaubte ihr das gern.

Der Schützling

Eigentlich mochte Marie sich deshalb gar nicht von dem Weihnachtstisch trennen, weil sie eben etwas noch nicht Bemerktes entdeckt hatte. Durch das Ausrücken von Fritzens Husaren, die dicht an dem Baum in Parade gehalten, war nämlich ein sehr vortrefflicher kleiner Mann sichtbar geworden, der still und bescheiden dastand, als erwarte er ruhig, wann die Reihe an ihn kommen werde. Gegen seinen Wuchs wäre freilich vieles einzuwenden gewesen, denn abgesehen davon, daß der etwas lange, starke Oberleib nicht recht zu den kleinen dünnen Beinchen passen wollte, so schien auch der Kopf bei weitem zu groß. Vieles machte die propre Kleidung gut, welche auf einen Mann von Geschmack und Bildung schließen ließ. Er trug nämlich ein sehr schönes violettglänzendes Husarenjäckchen mit vielen weißen Schnüren und Knöpfchen, ebensolche Beinkleider und die schönsten Stiefelchen, die jemals an die Füße eines Studenten, ja wohl gar eines Offiziers gekommen sind. Sie saßen an den zierlichen Beinchen so knapp angegossen, als wären sie darauf gemalt. Komisch war es zwar, daß er zu dieser Kleidung sich hinten einen schmalen unbeholfenen Mantel, der recht aussah wie von Holz, angehängt und ein Bergmannsmützchen aufgesetzt hatte, indessen dachte Marie daran, daß Pate Droßelmeier ja auch einen sehr schlechten Überrock umhänge und eine fatale

Mütze aufsetze, dabei aber doch ein gar lieber Pate sei. Auch stellte Marie die Betrachtung an, daß Pate Droßelmeier, trüge er sich auch übrigens so zierlich wie der Kleine, doch nicht einmal so hübsch als er aussehen werde.
Indem Marie den netten Mann, den sie auf den ersten Blick liebgewonnen, immer mehr und mehr ansah, da wurde sie erst recht inne, welche Gutmütigkeit auf seinem Gesichte lag. Aus den hellgrünen, etwas zu großen hervorstehenden Augen sprach nichts als Freundschaft und Wohlwollen. Es stand dem Manne gut, daß sich um sein Kinn ein wohlfrisierter Bart von weißer Baumwolle legte, denn um so mehr konnte man das süße Lächeln des hochroten Mundes bemerken.
»Ach«, rief Marie endlich aus, »ach, lieber Vater, wem gehört denn der allerliebste kleine Mann dort am Baum?«
»Der«, antwortete der Vater, »der, liebes Kind, soll für euch alle tüchtig arbeiten, er soll euch fein die harten Nüsse aufbeißen, und er gehört Luisen ebensogut als dir und dem Fritz.«
Damit nahm ihn der Vater behutsam vom Tische, und indem er den hölzernen Mantel in die Höhe hob, sperrte das Männlein den Mund weit, weit auf und zeigte zwei Reihen sehr weißer spitzer Zähnchen. Marie schob auf des Vaters Geheiß eine Nuß hinein, und – knack – hatte sie der Mann zerbissen, daß die Schalen abfielen und Marie den süßen Kern in die Hand bekam.
Nun mußte wohl jeder und auch Marie wissen, daß der zierliche kleine Mann aus dem Geschlecht der Nußknacker abstammte und die Profession seiner Vorfahren trieb. Sie jauchzte auf vor Freude, da sprach der Vater: »Da dir, liebe Marie, Freund Nußknacker so sehr gefällt, so sollst du ihn auch besonders hüten und schützen, unerachtet, wie ich gesagt, Luise und Fritz ihn mit ebenso vielem Recht brauchen können als du!«
Marie nahm ihn sogleich in den Arm und ließ ihn Nüsse aufknacken, doch suchte sie die kleinsten aus, damit das Männlein nicht so weit den Mund aufsperren durfte, welches ihm doch im Grunde nicht gut stand. Luise gesellte sich zu ihr, und auch für sie mußte Freund Nußknacker seine Dienste verrichten, welches er gern zu tun schien, da er immerfort sehr freundlich lächelte.
Fritz war unterdessen vom vielen Exerzieren und Reiten müde geworden, und da er so lustig Nüsse knacken hörte, sprang er hin zu den Schwestern und lachte recht von Herzen über den kleinen drolligen Mann, der nun, da Fritz auch Nüsse essen wollte, von Hand zu Hand ging und gar nicht aufhören konnte mit

Auf- und Zuschnappen. Fritz schob immer die größten und härtsten Nüsse hinein, aber mit einem Male ging es – krack – krack –, und drei Zähnchen fielen aus des Nußknackers Munde, und sein ganzes Unterkinn war lose und wacklicht.
»Ach, mein armer lieber Nußknacker!« schrie Marie laut und nahm ihn dem Fritz aus den Händen.
»Das ist ein einfältiger dummer Bursche«, sprach Fritz. »Will Nußknacker sein und hat kein ordentliches Gebiß – mag wohl auch sein Handwerk gar nicht verstehn. Gib ihn nur her, Marie! Er soll mir Nüsse zerbeißen, verliert er auch noch die übrigen Zähne, ja das ganze Kinn obendrein, was ist an dem Taugenichts gelegen.«
»Nein, nein«, rief Marie weinend, »du bekommst ihn nicht, meinen lieben Nußknacker, sieh nur her, wie er mich so wehmütig anschaut und mir sein wundes Mündchen zeigt! Aber du bist ein hartherziger Mensch – du schlägst deine Pferde und läßt wohl gar einen Soldaten totschießen.«
»Das muß so sein, das verstehst du nicht«, rief Fritz. »Aber der Nußknacker gehört ebensogut mir als dir, gib ihn nur her.«
Marie fing an, heftig zu weinen, und wickelte den kranken Nußknacker schnell in ihr kleines Taschentuch ein.
Die Eltern kamen mit dem Paten Droßelmeier herbei. Dieser nahm zu Mariens Leidwesen Fritzens Partie. Der Vater sagte aber: »Ich habe den Nußknacker ausdrücklich unter Mariens Schutz gestellt, und da, wie ich sehe, er dessen eben jetzt bedarf, so hat sie volle Macht über ihn, ohne daß jemand dreinzureden hat. Übrigens wundert es mich sehr von Fritzen, daß er von einem im Dienst Erkrankten noch fernere Dienste verlangt. Als guter Militär sollte er doch wohl wissen, daß man Verwundete niemals in Reihe und Glied stellt?«
Fritz war sehr beschämt und schlich, ohne sich weiter um Nüsse und Nußknakker zu bekümmern, fort an die andere Seite des Tisches, wo seine Husaren, nachdem sie gehörige Vorposten ausgestellt hatten, ins Nachtquartier gezogen waren.
Marie suchte Nußknackers verlorne Zähnchen zusammen, um das kranke Kinn hatte sie ein hübsches weißes Band, das sie von ihrem Kleidchen abgelöst, gebunden und dann den armen Kleinen, der sehr blaß und erschrocken aussah, noch sorgfältiger als vorher in ihr Tuch eingewickelt. So hielt sie ihn wie ein kleines Kind wiegend in den Armen und besah die schönen Bilder des neuen

Bilderbuchs, das heute unter den andern vielen Gaben lag. Sie wurde, wie es sonst gar nicht ihre Art war, recht böse, als Pate Droßelmeier so sehr lachte und immerfort fragte, wie sie denn mit solch einem grundhäßlichen kleinen Kerl so schön tun könne.

Jener sonderbare Vergleich mit Droßelmeier, den sie anstellte, als der Kleine ihr zuerst in die Augen fiel, kam ihr wieder in den Sinn, und sie sprach sehr ernst: »Wer weiß, lieber Pate, ob du denn, putztest du dich auch so heraus wie mein lieber Nußknacker, und hättest du auch solche schöne blanke Stiefelchen an, wer weiß, ob du denn doch so hübsch aussehen würdest als er!«

Marie wußte gar nicht, warum denn die Eltern so laut auflachten und warum der Obergerichtsrat solch eine rote Nase bekam und gar nicht so hell mitlachte wie zuvor. Es mochte wohl seine besondere Ursache haben.

Wunderdinge

Bei Medizinalrats in der Wohnstube, wenn man zur Türe hineintritt, gleich links an der breiten Wand, steht ein hoher Glasschrank, in welchem die Kinder all die schönen Sachen, die ihnen jedes Jahr einbeschert worden, aufbewahren. Die Luise war noch ganz klein, als der Vater den Schrank von einem sehr geschickten Tischler machen ließ, der so himmelhelle Scheiben einsetzte und überhaupt das Ganze so geschickt einzurichten wußte, daß alles drinnen sich beinahe blanker und hübscher ausnahm, als wenn man es in Händen hatte. Im obersten Fache, für Marien und Fritzen unerreichbar, standen des Paten Droßelmeier Kunstwerke, gleich darunter war das Fach für die Bilderbücher, die beiden untersten Fächer durften Marie und Fritz anfüllen, wie sie wollten, jedoch geschah es immer, daß Marie das unterste Fach ihren Puppen zur Wohnung einräumte, Fritz dagegen in dem Fache drüber seine Truppen Quartier beziehen ließ.

So war es auch heute gekommen, denn, indem Fritz seine Husaren oben aufgestellt, hatte Marie unten Mamsell Trutchen beiseite gelegt, die neue schön geputzte Puppe in das sehr gut möblierte Zimmer hineingesetzt und sich auf Zuckerwerk bei ihr eingeladen. Sehr gut möbliert war das Zimmer, habe ich gesagt, und das ist auch wahr, denn ich weiß nicht, ob du, meine aufmerk-

same Zuhörerin Marie, ebenso wie die kleine Stahlbaum (es ist dir schon bekannt worden, daß sie auch Marie heißt), ja! – ich meine, ob du ebenso wie diese ein kleines schöngeblümtes Sofa, mehrere allerliebste Stühlchen, einen niedlichen Teetisch, vor allen Dingen aber ein sehr nettes blankes Bettchen besitzest, worin die schönsten Puppen ausruhen? Alles dieses stand in der Ecke des Schranks, dessen Wände hier sogar mit bunten Bilderchen tapeziert waren, und du kannst dir wohl denken, daß in *diesem* Zimmer die neue Puppe, welche, wie Marie noch denselben Abend erfuhr, Mamsell Klärchen hieß, sich sehr wohl befinden mußte.

Es war später Abend geworden, ja Mitternacht im Anzuge, und Pate Droßelmeier längst fortgegangen, als die Kinder noch gar nicht wegkommen konnten von dem Glasschrank, so sehr auch die Mutter mahnte, daß sie doch endlich nun zu Bette gehen möchten.

»Es ist wahr«, rief endlich Fritz, »die armen Kerls (seine Husaren meinend) wollen auch nun Ruhe haben, und solange ich da bin, wagt's keiner, ein bißchen zu nicken, das weiß ich schon!« Damit ging er ab.

Marie aber bat gar sehr: »Nur noch ein Weilchen, ein einziges kleines Weilchen laß mich hier, liebe Mutter, hab ich ja doch manches zu besorgen, und ist das geschehen, so will ich ja gleich zu Bette gehen!«

Marie war gar ein frommes vernünftiges Kind, und so konnte die gute Mutter wohl ohne Sorgen sie noch bei den Spielsachen allein lassen. Damit aber Marie nicht etwa gar zu sehr verlockt werde von der neuen Puppe und den schönen Spielsachen überhaupt, so aber die Lichter vergäße, die rings um den Wandschrank brannten, löschte die Mutter sie sämtlich aus, so daß nur die Lampe, die in der Mitte des Zimmers von der Decke herabhing, ein sanftes anmutiges Licht verbreitete. »Komm bald hinein, liebe Marie! Sonst kannst du ja morgen nicht zu rechter Zeit aufstehen«, rief die Mutter, indem sie sich in das Schlafzimmer entfernte.

Sobald sich Marie allein befand, schritt sie schnell dazu, was ihr zu tun recht auf dem Herzen lag, und was sie doch nicht, selbst wußte sie nicht warum, der Mutter zu entdecken vermochte. Noch immer hatte sie den kranken Nußknacker eingewickelt in ihr Taschentuch auf dem Arm getragen. Jetzt legte sie ihn behutsam auf den Tisch, wickelte leise, leise das Tuch ab und sah nach den Wunden. Nußknacker war sehr bleich, aber dabei lächelte er so sehr wehmütig freundlich, daß es Marien recht durch das Herz ging.

»Ach, Nußknackerchen«, sprach sie sehr leise, »sei nur nicht böse, daß Bruder Fritz dir so wehe getan hat, er hat es auch nicht so schlimm gemeint, er ist nur ein bißchen hartherzig geworden durch das wilde Soldatenwesen, aber sonst ein recht guter Junge, das kann ich dich versichern. Nun will ich dich aber auch recht sorglich so lange pflegen, bis du wieder ganz gesund und fröhlich geworden; dir deine Zähnchen recht fest einsetzen, dir die Schultern einrenken, das soll Pate Droßelmeier, der sich auf solche Dinge versteht.«
Aber nicht ausreden konnte Marie, denn indem sie den Namen Droßelmeier nannte, machte Freund Nußknacker ein ganz verdammt schiefes Maul, und aus seinen Augen fuhr es heraus wie grünfunkelnde Stacheln. In dem Augenblick aber, daß Marie sich recht entsetzen wollte, war es ja wieder des ehrlichen Nußknackers wehmütig lächelndes Gesicht, welches sie anblickte, und sie wußte nun wohl, daß der von der Zugluft berührte, schnell auflodernde Strahl der Lampe im Zimmer Nußknackers Gesicht so entstellt hatte.
»Bin ich nicht ein töricht Mädchen, daß ich so leicht erschrecke, so daß ich sogar glaube, das Holzpüppchen da könne mir Gesichter schneiden! Aber lieb ist mir doch Nußknacker gar zu sehr, weil er so komisch ist und doch so gutmütig, und darum muß er gepflegt werden, wie sich's gehört!« Damit nahm Marie den Freund Nußknacker in den Arm, näherte sich dem Glasschrank, kauerte vor demselben und sprach also zur neuen Puppe: »Ich bitte dich recht sehr, Mamsell Klärchen, tritt dein Bettchen dem kranken wunden Nußknacker ab und behelfe dich, so gut wie es geht, mit dem Sofa. Bedenke, daß du sehr gesund und recht bei Kräften bist, denn sonst würdest du nicht solche dicke dunkelrote Backen haben, und daß sehr wenige der allerschönsten Puppen solche weiche Sofas besitzen.«
Mamsell Klärchen sah in vollem glänzenden Weihnachtsputz sehr vornehm und verdrießlich aus und sagte nicht »muck!«.
»Was mache ich aber auch für Umstände«, sprach Marie, nahm das Bette hervor, legte sehr leise und sanft Nußknackerchen hinein, wickelte noch ein gar schönes Bändchen, das sie sonst um den Leib getragen, um die wunden Schultern und bedeckte ihn bis unter die Nase. »Bei der unartigen Kläre darf er aber nicht bleiben«, sprach sie weiter und hob das Bettchen samt dem darinne liegenden Nußknacker heraus in das obere Fach, so daß es dicht neben dem schönen Dorf zu stehen kam, wo Fritzens Husaren kampierten.
Sie verschloß den Schrank und wollte ins Schlafzimmer, da – horcht auf,

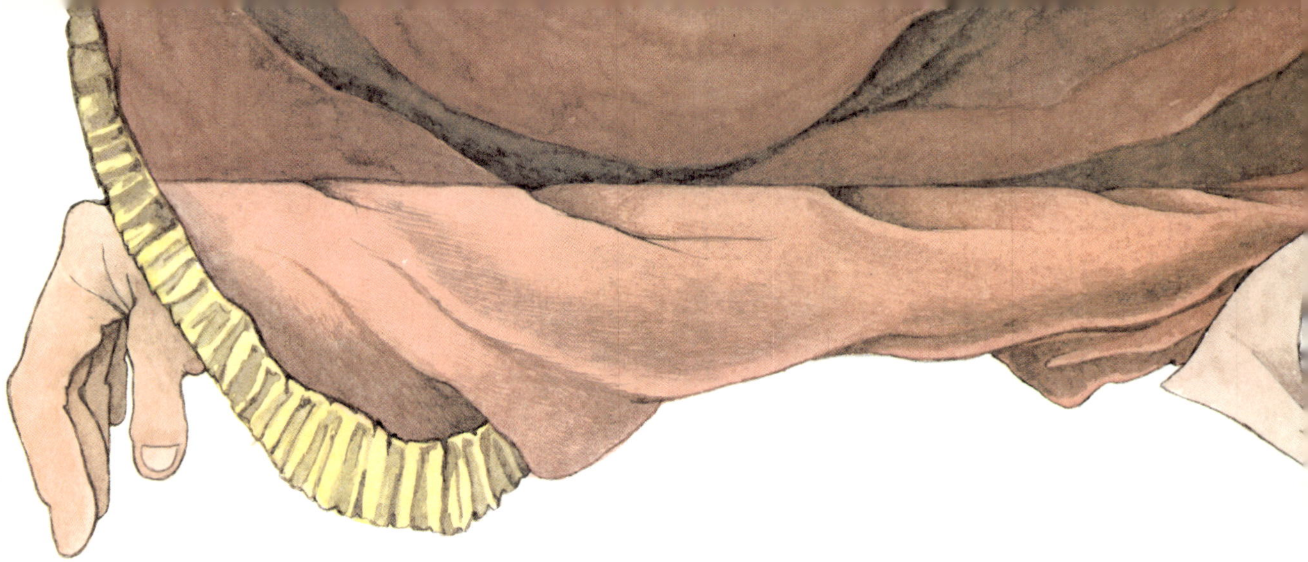

Kinder! – da fing es an, leise – leise zu wispern und zu flüstern und zu rascheln ringsherum, hinter dem Ofen, hinter den Stühlen, hinter den Schränken. Die Wanduhr schnurrte dazwischen lauter und lauter, aber sie konnte nicht schlagen. Marie blickte hin, da hatte die große vergoldete Eule, die darauf saß, ihre Flügel herabgesenkt, so daß sie die ganze Uhr überdeckten, und den häßlichen Katzenkopf mit krummem Schnabel weit vorgestreckt. Und stärker schnurrte es mit vernehmlichen Worten:

»Uhr, Uhre, Uhre, Uhren,
müßt alle nur leise schnurren,
leise schnurren.
Mausekönig hat ja wohl ein feines Ohr –
purr purr – pum pum –
singt nur, singt ihm altes Liedlein vor –
purr purr – pum pum –
schlag an, Glöcklein, schlag an,
bald ist es um ihn getan!«

Und pum pum ging es ganz dumpf und heiser zwölfmal!
Marien fing an, sehr zu grauen, und entsetzt wär sie beinahe davongelaufen, als sie Pate Droßelmeier erblickte, der statt der Eule auf der Wanduhr saß und seine gelben Rockschöße von beiden Seiten wie Flügel herabgehängt hatte,

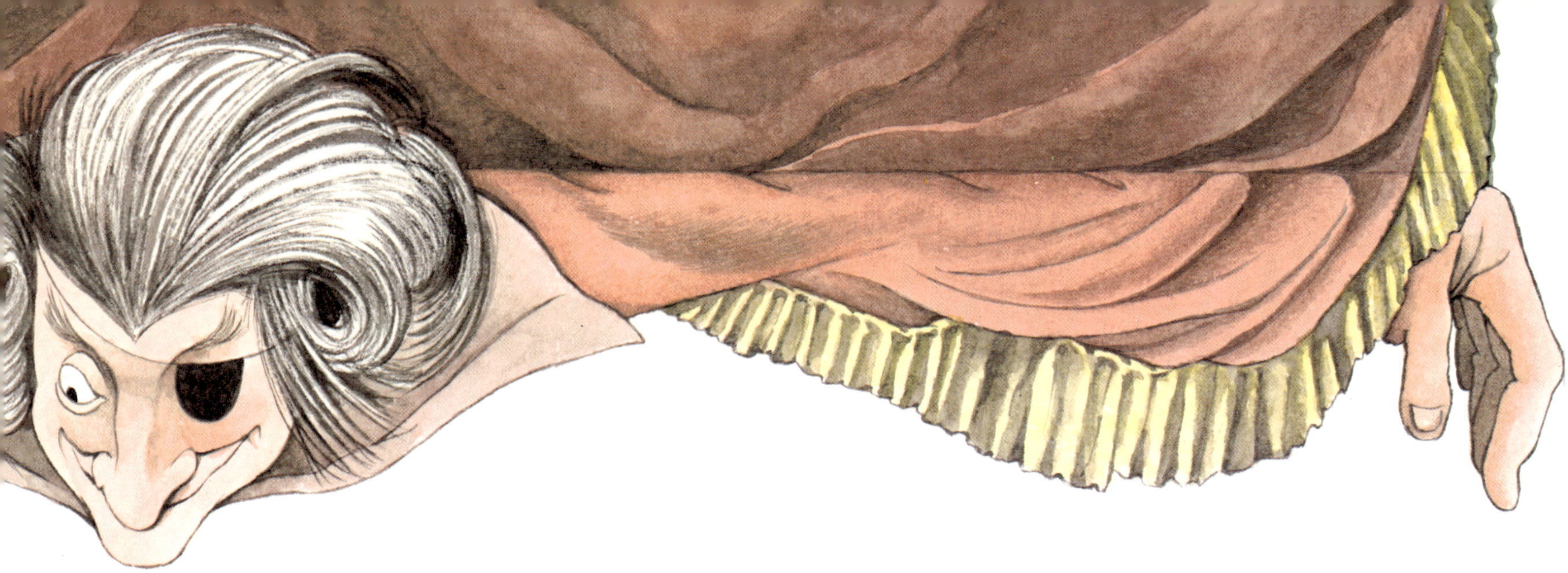

aber sie ermannte sich und rief laut und weinerlich: »Pate Droßelmeier, Pate Droßelmeier, was willst du da oben? Komm herunter zu mir und erschrecke mich nicht so, du böser Pate Droßelmeier!«

Aber da ging ein tolles Kichern und Gepfeife los rundumher, und bald trottierte und lief es hinter den Wänden wie mit tausend kleinen Füßchen, und tausend kleine Lichterchen blickten aus den Ritzen der Dielen. Aber nicht Lichterchen waren es, nein! Kleine funkelnde Augen, und Marie wurde gewahr, daß überall Mäuse hervorkuckten und sich hervorarbeiteten. Bald ging es trott – trott – hopp, hopp in der Stube umher – immer lichtere und dichtere Haufen Mäuse galoppierten hin und her und stellten sich endlich in Reihe und Glied, so wie Fritz seine Soldaten zu stellen pflegte, wenn es zur Schlacht gehen sollte.

Das kam nun Marien sehr possierlich vor, und da sie nicht, wie manche andere Kinder, einen natürlichen Abscheu gegen Mäuse hatte, wollte ihr eben alles Grauen vergehen, als es mit einemmal so entsetzlich und so schneidend zu pfeifen begann, daß es ihr eiskalt über den Rücken lief!

Ach, was erblickte sie jetzt! Nein, wahrhaftig, geehrter Leser Fritz, ich weiß, daß ebensogut wie dem weisen und mutigen Feldherrn Fritz Stahlbaum dir das Herz auf dem rechten Flecke sitzt, aber hättest du *das* gesehen, was Marien jetzt vor Augen kam, wahrhaftig, du wärst davongelaufen, ich glaube sogar, du wärst schnell ins Bett gesprungen und hättest die Decke viel weiter über die Ohren gezogen als gerade nötig.

Ach! – Das konnte die arme Marie ja nicht einmal tun, denn hört nur, Kinder,

dicht, dicht vor ihren Füßen sprühte es, wie von unterirdischer Gewalt getrieben, Sand und Kalk und zerbröckelte Mauersteine hervor, und sieben Mäuseköpfe mit sieben hellfunkelnden Kronen erhoben sich, recht gräßlich zischend und pfeifend, aus dem Boden. Bald arbeitete sich auch der Mausekörper, an dessen Hals die sieben Köpfe angewachsen waren, vollends hervor, und der großen, mit sieben Diademen geschmückten Maus jauchzte in vollem Chorus, dreimal laut aufquiekend, das ganze Heer entgegen, das sich nun auf einmal in Bewegung setzte, und hott, hott – trott – trott ging es – ach, geradezu auf den Schrank – geradezu auf Marien los, die noch dicht an der Glastüre des Schrankes stand.

Vor Angst und Grauen hatte Marien das Herz schon so gepocht, daß sie glaubte, es müsse nun gleich aus der Brust herausspringen, und dann müßte sie sterben; aber nun war es ihr, als stehe ihr das Blut in den Adern still. Halb ohnmächtig wankte sie zurück, da ging es klirr – klirr – prr, und in Scherben fiel die Glasscheibe des Schranks herab, die sie mit dem Ellbogen eingestoßen. Sie fühlte wohl in dem Augenblick einen recht stechenden Schmerz am linken Arm, aber es war ihr auch plötzlich viel leichter ums Herz, sie hörte kein Quieken und Pfeifen mehr, es war alles ganz still geworden, und obschon sie nicht hinblicken mochte, glaubte sie doch, die Mäuse wären, von dem Klirren der Scheibe erschreckt, wieder abgezogen in ihre Löcher.

Aber was war denn das wieder? Dicht hinter Marien fing es an, im Schrank auf seltsame Weise zu rumoren, und ganz feine Stimmchen fingen an:

»Aufgewacht – aufgewacht!
Woll'n zur Schlacht
noch diese Nacht.
Aufgewacht!
Auf zur Schlacht!«

Und dabei klingelte es mit harmonischen Glöcklein gar hübsch und anmutig!

»Ach, das ist ja mein kleines Glockenspiel«, rief Marie freudig und sprang schnell zur Seite.

Da sah sie, wie es im Schrank ganz sonderbar leuchtete und herumwirtschaf-

tete und hantierte. Es waren mehrere Puppen, die durcheinander liefen und mit den kleinen Armen herumfochten. Mit einemmal erhob sich jetzt Nußknacker, warf die Decke weit von sich und sprang mit beiden Füßen zugleich aus dem Bette, indem er laut rief:

»Knack – knack – knack –
dummes Mausepack –
dummer toller Schnack –
Mausepack –
knack – knack – Mausepack –
krick und krack –
wahrer Schnack.«

Und damit zog er sein kleines Schwert und schwang es in den Lüften und rief: »Ihr meine lieben Vasallen, Freunde und Brüder, wollt ihr mir beistehen im harten Kampf?«
Sogleich schrien heftig drei Skaramuzze, ein Pantalon, vier Schornsteinfeger, zwei Zitherspielmänner und ein Tambour: »Ja, Herr – wir hängen Euch an in standhafter Treue – mit Euch ziehen wir in Tod, Sieg und Kampf!« Und

stürzten sich nach dem begeisterten Nußknacker, der den gefährlichen Sprung wagte, vom obern Fach herab.

Ja – jene hatten gut sich herabstürzen, denn nicht allein, daß sie reiche Kleider von Tuch und Seide trugen, so war inwendig im Leibe auch nicht viel anders als Baumwolle und Häcksel, daher plumpten sie auch herab wie Wollsäckchen. Aber der arme Nußknacker, der hätte gewiß Arm und Beine gebrochen, denn, denkt euch, es war beinahe zwei Fuß hoch vom Fache, wo er stand, bis zum untersten, und sein Körper war so spröde, als sei er geradezu aus Lindenholz geschnitzt. Ja, Nußknacker hätte gewiß Arm und Beine gebrochen, wäre, im Augenblick, als er sprang, nicht auch Mamsell Klärchen schnell vom Sofa aufgesprungen und hätte den Helden mit dem gezogenen Schwert in ihren weichen Armen aufgefangen.

»Ach du liebes gutes Klärchen!« schluchzte Marie. »Wie habe ich dich verkannt, gewiß gabst du Freund Nußknackern dein Bettchen recht gerne her!«

Doch Mamsell Klärchen sprach jetzt, indem sie den jungen Helden sanft an ihre seidene Brust drückte: »Wollet Euch, o Herr, krank und wund, wie Ihr seid, doch nicht in Kampf und Gefahr begeben, seht, wie Eure tapferen Vasallen, kampflustig und des Sieges gewiß, sich sammeln. Skaramuz, Pantalon, Schornsteinfeger, Zitherspielmann und Tambour sind schon unten, und

die Zuckerfiguren in meinem Fache rühren und regen sich merklich! Wollet, o Herr, in meinen Armen ausruhen oder von meinem Federhut herab Euern Sieg anschaun!«
So sprach Klärchen, doch Nußknacker tat ganz ungebärdig und strampelte so sehr mit den Beinen, daß Klärchen ihn schnell herab auf den Boden setzen mußte. In dem Augenblick ließ er sich aber sehr artig auf ein Knie nieder und lispelte: »O Dame! Stets werd ich Eurer mir bewiesenen Gnade und Huld gedenken in Kampf und Streit!«
Da bückte sich Klärchen so tief herab, daß sie ihn beim Ärmchen ergreifen konnte, hob ihn sanft auf, löste schnell ihren mit vielen Flittern gezierten Leibgürtel los und wollte ihn dem Kleinen umhängen, doch der wich zwei Schritte zurück, legte die Hand auf die Brust und sprach sehr feierlich: »Nicht so wollet, o Dame, Eure Gunst an mir verschwenden, denn« – er stockte, seufzte tief auf, riß dann schnell das Bändchen, womit ihn Marie verbunden hatte, von den Schultern, drückte es an die Lippen, hing es wie eine Feldbinde um und sprang, das blank gezogene Schwertlein mutig schwenkend, schnell und behende wie ein Vögelchen über die Leiste des Schranks auf den Fußboden.
Ihr merkt wohl, höchst geneigte und sehr vortreffliche Zuhörer, daß Nußknakker schon früher, als er wirklich lebendig worden, alles Liebe und Gute, was ihm Marie erzeigte, recht deutlich fühlte, und daß er nur deshalb, weil er Marien so gar gut worden, auch nicht einmal ein Band von Mamsell Klärchen annehmen und tragen wollte, unerachtet es sehr glänzte und sehr hübsch aussah. Der treue gute Nußknacker putzte sich lieber mit Mariens schlichtem Bändchen.
Aber wie wird es nun weiter werden? Sowie Nußknacker herabspringt, geht auch das Quieken und Piepen wieder los. Ach! Unter dem großen Tische halten ja die fatalen Rotten unzähliger Mäuse, und über alle ragt die abscheuliche Maus mit den sieben Köpfen hervor! Wie wird das nun werden!

Die Schlacht

»Schlagt den Generalmarsch, getreuer Vasalle Tambour!« schrie Nußknakker sehr laut, und sogleich fing der Tambour an, auf die künstlichste Weise zu wirbeln, daß die Fenster des Glasschranks zitterten und dröhnten. Nun krackte und klapperte es drinnen, und Marie wurde gewahr, daß die Deckel sämtlicher Schachteln, worin Fritzens Armee einquartiert war, mit Gewalt auf- und die Soldaten heraus und herab ins unterste Fach sprangen, dort sich aber in blanken Rotten sammelten. Nußknacker lief auf und nieder, begeisterte Worte zu den Truppen sprechend.
»Kein Hund von Trompeter regt und rührt sich«, schrie Nußknacker erbost, wandte sich aber dann schnell zum Pantalon, der, etwas blaß geworden, mit dem langen Kinn sehr wackelte, und sprach feierlich: »General, ich kenne Ihren Mut und Ihre Erfahrung, hier gilt's schnellen Überblick und Benutzung des Moments – ich vertraue Ihnen das Kommando sämtlicher Kavallerie und Artillerie an – ein Pferd brauchen Sie nicht, Sie haben sehr lange Beine und galoppieren damit leidlich. – Tun Sie jetzt, was Ihres Berufs ist.«
Sogleich drückte Pantalon die dürren langen Fingerchen an den Mund und krähte so durchdringend, daß es klang, als würden hundert helle Trompetlein lustig geblasen.

Da ging es im Schrank an, ein Wiehern und Stampfen, und siehe, Fritzens Kürassiere und Dragoner, vor allen Dingen aber die neuen glänzenden Husaren rückten aus und hielten bald unten auf dem Fußboden. Nun defilierte Regiment auf Regiment mit fliegenden Fahnen und klingendem Spiel bei Nußknacker vorüber und stellte sich in breiter Reihe quer über den Boden des Zimmers.
Aber vor ihnen her fuhren rasselnd Fritzens Kanonen auf, von den Kanoniern umgeben, und bald ging es bum – bum, und Marie sah, wie die Zuckererbsen einschlugen in den dicken Haufen der Mäuse, die davon ganz weiß überpudert wurden und sich sehr schämten. Vorzüglich tat ihnen aber eine schwere Batterie viel Schaden, die auf Mamas Fußbank aufgefahren war und pum – pum – pum, immer hintereinander fort, Pfeffernüsse unter die Mäuse schoß, wovon sie umfielen.
Die Mäuse kamen aber doch immer näher und überrannten sogar einige Kanonen, aber da ging es prr – prr, prr, und vor Rauch und Staub konnte Marie kaum sehen, was nun geschah. Doch so viel war gewiß, daß jedes Korps sich mit der höchsten Erbitterung schlug und der Sieg lange hin und her schwankte.
Die Mäuse entwickelten immer mehr und mehr Massen, und ihre kleinen silbernen Pillen, die sie sehr geschickt zu schleudern wußten, schlugen schon bis in den Glasschrank hinein. Verzweiflungsvoll liefen Klärchen und Trutchen umher und rangen sich die Händchen wund.
»Soll ich in meiner blühendsten Jugend sterben – ich, die schönste der Puppen!« schrie Klärchen.
»Hab ich darum mich so gut konserviert, um hier in meinen vier Wänden umzukommen?« rief Trutchen.

Dann fielen sie sich um den Hals und heulten so sehr, daß man es trotz des tollen Lärms doch hören konnte. Denn von dem Spektakel, der nun losging, habt ihr kaum einen Begriff, werte Zuhörer. Das ging – prr – prr – puff, piff – schnetterdeng – schnetterdeng – bum, burum, bum – burum – bum – durcheinander, und dabei quiekten und schrien Mausekönig und Mäuse, und dann hörte man wieder Nußknackers gewaltige Stimme, wie er nützliche Befehle austeilte, und sah ihn, wie er über die im Feuer stehenden Bataillone hinwegschritt!
Pantalon hatte einige sehr glänzende Kavallerieangriffe gemacht und sich mit Ruhm bedeckt, aber Fritzens Husaren wurden von der Mäuseartillerie mit

häßlichen, übelriechenden Kugeln beworfen, die ganz fatale Flecke in ihren roten Wämsern machten, weshalb sie nicht recht vor wollten. Pantalon ließ sie links abschwenken, und in der Begeisterung des Kommandierens machte er es ebenso und seine Kürassiere und Dragoner auch, das heißt, sie schwenkten alle links ab und gingen nach Hause. Dadurch geriet die auf der Fußbank postierte Batterie in Gefahr, und es dauerte auch gar nicht lange, so kam ein dicker Haufe sehr häßlicher Mäuse und rannte so stark an, daß die ganze Fußbank mitsamt den Kanonieren und Kanonen umfiel.
Nußknacker schien sehr bestürzt und befahl, daß der rechte Flügel eine rückgängige Bewegung machen solle. Du weißt, o mein schlachtenerfahrner Zuhörer Fritz, daß eine solche Bewegung machen beinahe so viel heißt als davonlaufen, und betrauerst mit mir schon jetzt das Unglück, was über die Armee des kleinen, von Marie geliebten Nußknackers kommen sollte!
Wende jedoch dein Auge von diesem Unheil ab und beschaue den linken Flügel der Nußknackerischen Armee, wo alles noch sehr gut steht und für Feldherrn und Armee viel zu hoffen ist. Während des hitzigsten Gefechts waren leise, leise Mäusekavalleriemassen unter der Kommode herausgerückt und hatten sich unter lautem gräßlichen Gequiek mit Wut auf den linken Flügel der Nußknackerischen Armee geworfen, aber welchen Widerstand fanden sie da! Langsam, wie es die Schwierigkeit des Terrains nur erlaubte, da die Leiste des Schranks zu passieren, war das Zuckerwerkkorps unter der

Anführung zweier chinesischer Kaiser vorgerückt und hatte sich im Karree formiert.
Diese wackern, sehr bunten und herrlichen Truppen, die aus vielen Gärtnern, Tirolern, Tungusen, Friseurs, Harlekins, Kupidos, Löwen, Tigern, Meerkatzen und Affen bestanden, fochten mit Fassung, Mut und Ausdauer. Mit spartanischer Tapferkeit hätte dies Bataillon von Eliten dem Feinde den Sieg entrissen, wenn nicht ein verwegener feindlicher Rittmeister, tollkühn vordringend, einem der chinesischen Kaiser den Kopf abgebissen und dieser im Fallen zwei Tungusen und eine Meerkatze erschlagen hätte. Dadurch entstand eine Lücke, durch die der Feind eindrang, und bald war das ganze Bataillon zerbissen. Doch wenig Vorteil hatte der Feind von dieser Untat. Sowie ein Mäusekavallerist mordlustig einen der tapfern Gegner mittendurch zerbiß, bekam er einen kleinen gedruckten Zettel in den Hals, wovon er augenblicklich starb.
Half dies aber wohl auch der Nußknackerischen Armee, die, einmal rückgängig geworden, immer rückgängiger wurde und immer mehr Leute verlor, so daß der unglückliche Nußknacker nur mit einem gar kleinen Häufchen dicht vor dem Glasschranke hielt?
»Die Reserve soll heran! – Pantalon – Skaramuz, Tambour – wo seid ihr?« So schrie Nußknacker, der noch auf neue Truppen hoffte, die sich aus dem Glasschrank entwickeln sollten. Es kamen auch wirklich einige braune Honigkuchenmänner und -frauen mit goldnen Gesichtern, Hüten und Helmen

heran, die fochten aber so ungeschickt um sich herum, daß sie keinen der Feinde trafen und bald ihrem Feldherrn Nußknacker selbst die Mütze vom Kopfe heruntergefochten hätten. Die feindlichen Jäger bissen ihnen auch bald die Beine ab, so daß sie umstülpten und noch dazu einige von Nußknackers Waffenbrüdern erschlugen.
Nun war Nußknacker, vom Feinde dicht umringt, in der höchsten Angst und Not. Er wollte über die Leiste des Schranks springen, aber die Beine waren zu kurz, Klärchen und Trutchen lagen in Ohnmacht, sie konnten ihm nicht helfen. Husaren, Dragoner sprangen lustig bei ihm vorbei und hinein, da schrie er auf in heller Verzweiflung: »Ein Pferd – ein Pferd – ein Königreich für ein Pferd!«
In dem Augenblick packten ihn zwei feindliche Schützen bei dem hölzernen Mantel, und im Triumph aus sieben Kehlen aufquiekend, sprengte Mausekönig heran.
Marie wußte sich nicht mehr zu fassen – »o mein armer Nußknacker – mein armer Nußknacker!« – so rief sie schluchzend, faßte, ohne sich deutlich ihres Tuns bewußt zu sein, nach ihrem linken Schuh und warf ihn mit Gewalt in den dicksten Haufen der Mäuse hinein auf ihren König.
In dem Augenblick schien alles verstoben und verflogen, aber Marie empfand am linken Arm einen noch stechendern Schmerz als vorher und sank ohnmächtig zur Erde nieder.

Die Krankheit

Als Marie wie aus tiefem Todesschlaf erwachte, lag sie in ihrem Bettchen, und die Sonne schien hell und funkelnd durch die mit Eis belegten Fenster in das Zimmer hinein. Dicht neben ihr saß ein fremder Mann, den sie aber bald für den Chirurgus Wendelstern erkannte. Der sprach leise: »Nun ist sie aufgewacht!« Da kam die Mutter herbei und sah sie mit recht ängstlich forschenden Blicken an. »Ach, liebe Mutter«, lispelte die kleine Marie, »sind denn nun die häßlichen Mäuse alle fort, und ist denn der gute Nußknacker gerettet?«

»Sprich nicht solch albernes Zeug, liebe Marie«, erwiderte die Mutter, »was haben die Mäuse mit dem Nußknacker zu tun? Aber du, böses Kind, hast uns allen recht viel Angst und Sorge gemacht. Das kommt davon her, wenn die Kinder eigenwillig sind und den Eltern nicht folgen. Du spieltest gestern bis in die tiefe Nacht hinein mit deinen Puppen. Du wurdest schläfrig, und mag es sein, daß ein hervorspringendes Mäuschen, deren es doch sonst hier nicht gibt, dich erschreckt hat; genug, du stießest mit dem Arm eine Glasscheibe des Schranks ein und schnittest dich so sehr in den Arm, daß Herr Wendelstern, der dir eben die noch in den Wunden steckenden Glasscherbchen herausgenommen hat, meint, du hättest, zerschnitt das Glas eine Ader, einen steifen Arm behalten oder dich gar verbluten können. Gott sei gedankt, daß ich, um

Mitternacht erwachend und dich noch so spät vermissend, aufstand und in die Wohnstube ging. Da lagst du dicht neben dem Glasschrank ohnmächtig auf der Erde und blutetest sehr. Bald wär ich vor Schreck auch ohnmächtig geworden. Da lagst du nun, und um dich her zerstreut erblickte ich viele von Fritzens bleiernen Soldaten und andere Puppen, zerbrochenes Zuckerwerk, Pfefferkuchenmänner; Nußknacker lag aber auf deinem blutenden Arme und nicht weit von dir dein linker Schuh.«

»Ach, Mütterchen, Mütterchen«, fiel Marie ein, »sehen Sie wohl, das waren ja noch die Spuren von der großen Schlacht zwischen den Puppen und Mäusen, und nur darüber bin ich so sehr erschrocken, als die Mäuse den armen Nußknacker, der die Puppenarmee kommandierte, gefangennehmen wollten. Da warf ich meinen Schuh unter die Mäuse, und dann weiß ich weiter nicht, was vorgegangen.«

Der Chirurgus Wendelstern winkte der Mutter mit den Augen, und diese sprach sehr sanft zu Marien: »Laß es nur gut sein, mein liebes Kind! Beruhige dich, die Mäuse sind alle fort, und Nußknackerchen steht gesund und lustig im Glasschrank.«

Nun trat der Medizinalrat ins Zimmer und sprach lange mit dem Chirurgus Wendelstern; dann fühlte er Mariens Puls, und sie hörte wohl, daß von einem Wundfieber die Rede war. Sie mußte im Bette bleiben und Arzenei nehmen, und so dauerte es einige Tage, wiewohl sie außer einigem Schmerz am Arm sich eben nicht krank und unbehaglich fühlte. Sie wußte, daß Nußknackerchen gesund aus der Schlacht sich gerettet hatte, und es kam ihr manchmal wie im Traume vor, daß er ganz vernehmlich, wiewohl mit sehr wehmütiger Stimme sprach: »Marie, teuerste Dame, Ihnen verdanke ich viel, doch noch mehr können Sie für mich tun!« Marie dachte vergebens darüber nach, was das wohl sein könnte, es fiel ihr durchaus nicht ein.

Spielen konnte Marie gar nicht recht wegen des wunden Arms, und wollte sie lesen oder in den Bilderbüchern blättern, so flimmerte es ihr seltsam vor den Augen, und sie mußte davon ablassen. So mußte ihr nun wohl die Zeit recht herzlich lang werden, und sie konnte kaum die Dämmerung erwarten, weil dann die Mutter sich an ihr Bett setzte und ihr sehr viel Schönes vorlas und erzählte. Eben hatte die Mutter die vorzügliche Geschichte vom Prinzen Fakardin vollendet, als die Türe aufging und der Pate Droßelmeier mit den Worten hineintrat: »Nun muß ich doch wirklich einmal selbst sehen, wie es mit

der kranken und wunden Marie zusteht.« Sowie Marie den Paten Droßelmeier in seinem gelben Röckchen erblickte, kam ihr das Bild jener Nacht, als Nußknacker die Schlacht wider die Mäuse verlor, gar lebendig vor Augen, und unwillkürlich rief sie laut dem Obergerichtsrat entgegen: »O Pate Droßelmeier, du bist recht häßlich gewesen, ich habe dich wohl gesehen, wie du auf der Uhr saßest und sie mit deinen Flügeln bedecktest, daß sie nicht laut schlagen sollte, weil sonst die Mäuse verscheucht worden wären; ich habe es wohl gehört, wie du dem Mausekönig riefest! Warum kamst du dem Nußknakker, warum nicht mir zu Hülfe, du häßlicher Pate Droßelmeier, bist du denn nicht allein schuld, daß ich verwundet und krank im Bette liegen muß?«
Die Mutter fragte ganz erschrocken: »Was ist dir denn, liebe Marie?«
Aber der Pate Droßelmeier schnitt sehr seltsame Gesichter und sprach mit schnarrender, eintöniger Stimme:

»Perpendikel mußte schnurren –
picken wollte sich nicht schicken –
Uhre – Uhren – Uhren
Perpendikel müssen schnurren –
leise schnurren –
schlagen Glocken laut kling klang –
hink und honk, und honk und hank –
Puppenmädel, sei nicht bang!
Schlagen Glöcklein, ist geschlagen,
Mausekönig fortzujagen,
kommt die Eul' im schnellen Flug –
pak und pik, und pik und puk –
Glöcklein bim bim –
Uhren schnurr schnurr –
Perpendikel müssen schnurren –
picken wollte sich nicht schicken –
schnarr und schnurr,
und pirr und purr!«

Marie sah den Paten Droßelmeier starr mit großen Augen an, weil er ganz anders und noch viel häßlicher aussah als sonst und mit dem rechten Arm hin

und her schlug, als würd er gleich einer Drahtpuppe gezogen. Es hätte ihr ordentlich grauen können vor dem Paten, wenn die Mutter nicht zugegen gewesen wäre, und wenn nicht endlich Fritz, der sich unterdessen hineingeschlichen, ihn mit lautem Gelächter unterbrochen hätte. »Ei, Pate Droßelmeier«, rief Fritz, »du bist heute wieder auch gar zu possierlich, du gebärdest dich ja wie mein Hampelmann, den ich längst hinter den Ofen geworfen.«
Die Mutter blieb sehr ernsthaft und sprach: »Lieber Herr Obergerichtsrat, das ist ja ein recht seltsamer Spaß, was meinen Sie denn eigentlich?«
»Mein Himmel!« erwiderte Droßelmeier lachend. »Kennen Sie denn nicht mehr mein hübsches Uhrmacherliedchen? Das pfleg ich immer zu singen bei solchen Patienten wie Marie.« Damit setzte er sich schnell dicht an Mariens Bette und sprach: »Sei nur nicht böse, daß ich nicht gleich dem Mausekönig alle vierzehn Augen ausgehackt, aber es konnte nicht sein, ich will dir auch statt dessen eine rechte Freude machen.« Der Obergerichtsrat langte mit diesen Worten in die Tasche, und was er nun leise, leise hervorzog, war – der Nußknacker, dem er sehr geschickt die verlornen Zähnchen fest eingesetzt und den lahmen Kinnbacken eingerenkt hatte.
Marie jauchzte laut auf vor Freude, aber die Mutter sagte lächelnd: »Siehst du nun wohl, wie gut es Pate Droßelmeier mit deinem Nußknacker meint?«
»Du mußt es aber doch eingestehen, Marie«, unterbrach der Obergerichtsrat die Medizinalrätin, »du mußt es aber doch eingestehen, daß Nußknacker nicht eben zum besten gewachsen und sein Gesicht nicht eben schön zu nennen ist. Wie solche Häßlichkeit in seine Familie gekommen und vererbt worden ist, das will ich dir wohl erzählen, wenn du es anhören willst. Oder weißt du vielleicht schon die Geschichte von der Prinzessin Pirlipat, der Hexe Mauserinks und dem künstlichen Uhrmacher?«
»Hör mal«, fiel hier Fritz unversehens ein, »hör mal, Pate Droßelmeier, die Zähne hast du dem Nußknacker richtig eingesetzt, und der Kinnbacken ist auch nicht mehr so wackelig, aber warum fehlt ihm das Schwert, warum hast du ihm kein Schwert umgehängt?«
»Ei«, erwiderte der Obergerichtsrat ganz unwillig, »du mußt an allem mäkeln und tadeln, Junge! Was geht mich Nußknackers Schwert an, ich habe ihn am Leibe kuriert, mag er sich nun selbst ein Schwert schaffen, wie er will.«
»Das ist wahr«, rief Fritz, »ist's ein tüchtiger Kerl, so wird er schon Waffen zu finden wissen.«

»Also Marie«, fuhr der Obergerichtsrat fort, »sage mir, ob du die Geschichte weißt von der Prinzessin Pirlipat?«
»Ach nein«, erwiderte Marie, »erzähle, lieber Pate Droßelmeier, erzähle!«
»Ich hoffe«, sprach die Medizinalrätin, »ich hoffe, lieber Herr Obergerichtsrat, daß Ihre Geschichte nicht so graulich sein wird, wie gewöhnlich alles ist, was Sie erzählen?«
»Mitnichten, teuerste Frau Medizinalrätin«, erwiderte Droßelmeier, »im Gegenteil ist das gar spaßhaft, was ich vorzutragen die Ehre haben werde.«
»Erzähle, o erzähle, lieber Pate«, so riefen die Kinder, und der Obergerichtsrat fing also an:

Das Märchen von der harten Nuß

Pirlipats Mutter war die Frau eines Königs, mithin eine Königin, und Pirlipat selbst in demselben Augenblick, als sie geboren wurde, eine geborne Prinzessin. Der König war außer sich vor Freude über das schöne Töchterchen, das in der Wiege lag, er jubelte laut auf, er tanzte und schwenkte sich auf einem Beine und schrie ein Mal über das andere: »Heisa! – Hat man was Schöneres jemals gesehen als mein Pirlipatchen?«
Aber alle Minister, Generale und Präsidenten und Stabsoffiziere sprangen, wie der Landesvater, auf einem Beine herum und schrien sehr: »Nein, niemals!«
Zu leugnen war es aber auch in der Tat gar nicht, daß wohl, solange die Welt steht, kein schöneres Kind geboren wurde als eben Prinzessin Pirlipat. Ihr Gesichtchen war wie von zarten lilienweißen und rosenroten Seidenflocken gewebt, die Äugelein lebendige funkelnde Azure, und es stand hübsch, daß die Löckchen sich in lauter glänzenden Goldfaden kräuselten.
Dazu hatte Pirlipatchen zwei Reihen kleiner Perlzähnchen auf die Welt gebracht, womit sie zwei Stunden nach der Geburt dem Reichskanzler in den Finger biß, als er die Prinzessin näher untersuchen wollte, so daß er laut aufschrie: »O jemine!« Andere behaupten, er habe: »Au weh!« geschrien, die Stimmen sind noch heutzutage darüber sehr geteilt. Kurz, Pirlipatchen biß

wirklich dem Reichskanzler in den Finger, und das entzückte Land wußte nun, daß auch Geist, Gemüt und Verstand in Pirlipats kleinem engelschönen Körperchen wohne.
Wie gesagt, alles war vergnügt, nur die Königin war sehr ängstlich und unruhig, niemand wußte warum. Vorzüglich fiel es auf, daß sie Pirlipats Wiege so sorglich bewachen ließ. Außerdem, daß die Türen von Trabanten besetzt waren, mußten, die beiden Wärterinnen dicht an der Wiege abgerechnet, noch sechs andere Nacht für Nacht ringsumher in der Stube sitzen. Was aber ganz närrisch schien, und was niemand begreifen konnte, jede dieser sechs Wärterinnen mußte einen Kater auf den Schoß nehmen und ihn die ganze Nacht streicheln, daß er immerfort zu spinnen genötigt wurde. Es ist unmöglich, daß ihr, liebe Kinder, erraten könnt, warum Pirlipats Mutter all diese Anstalten machte, ich weiß es aber und will es euch gleich sagen.
Es begab sich, daß einmal an dem Hofe von Pirlipats Vater viele vortreffliche Könige und sehr angenehme Prinzen versammelt waren, weshalb es denn sehr glänzend herging und viele Ritterspiele, Komödien und Hofbälle gegeben wurden. Der König, um recht zu zeigen, daß es ihm an Gold und Silber gar nicht mangle, wollte nun einmal einen recht tüchtigen Griff in den Kronschatz tun und was Ordentliches daraufgehen lassen. Er ordnete daher, zumal er von dem Oberhofküchenmeister insgeheim erfahren, daß der Hofastronom die Zeit des Einschlachtens angekündigt, einen großen Wurstschmaus an, warf sich in den Wagen und lud selbst sämtliche Könige und Prinzen – nur auf einen Löffel Suppe ein, um sich der Überraschung mit dem Köstlichen zu erfreuen.
Nun sprach er sehr freundlich zur Frau Königin: »Dir ist ja schon bekannt, Liebchen, wie ich die Würste gern habe!«
Die Königin wußte schon, was er damit sagen wollte, es hieß nämlich nichts anders, als sie selbst sollte sich, wie sie auch sonst schon getan, dem sehr nützlichen Geschäft des Wurstmachens unterziehen.

Der Oberschatzmeister mußte sogleich den großen goldnen Wurstkessel und die silbernen Kasserollen zur Küche abliefern; es wurde ein großes Feuer von Sandelholz angemacht, die Königin band ihre damastene Küchenschürze um, und bald dampften aus dem Kessel die süßen Wohlgerüche der Wurstsuppe. Bis in den Staatsrat drang der anmutige Geruch; der König, von innerem Entzücken erfaßt, konnte sich nicht halten.
»Mit Erlaubnis, meine Herren!« rief er, sprang schnell nach der Küche,

umarmte die Königin, rührte etwas mit dem goldnen Zepter in dem Kessel und kehrte dann beruhigt in den Staatsrat zurück.
Eben nun war der wichtige Punkt gekommen, daß der Speck in Würfel geschnitten und auf silbernen Rosten geröstet werden sollte. Die Hofdamen traten ab, weil die Königin dies Geschäft aus treuer Anhänglichkeit und Ehrfurcht vor dem königlichen Gemahl allein unternehmen wollte.
Allein sowie der Speck zu braten anfing, ließ sich ein ganz feines wisperndes Stimmchen vernehmen: »Von dem Brätlein gib mir auch, Schwester – will auch schmausen, bin ja auch Königin – gib mir von dem Brätlein!«
Die Königin wußte wohl, daß es Frau Mauserinks war, die also sprach. Frau Mauserinks wohnte schon seit vielen Jahren in des Königs Palast. Sie behauptete, mit der königlichen Familie verwandt und selbst Königin in dem Reiche Mausolien zu sein, deshalb hatte sie auch eine große Hofhaltung unter dem Herde.

Die Königin war eine gute mildtätige Frau, wollte sie daher auch sonst Frau Mauserinks nicht gerade als Königin und als ihre Schwester anerkennen, so gönnte sie ihr doch von Herzen an dem festlichen Tage die Schmauserei und rief: »Kommt nur hervor, Frau Mauserinks, Ihr möget immerhin von meinem Speck genießen.«
Da kam auch Frau Mauserinks sehr schnell und lustig hervorgehüpft, sprang auf den Herd und ergriff mit den zierlichen kleinen Pfötchen ein Stückchen Speck nach dem andern, das ihr die Königin hinlangte. Aber nun kamen alle Gevattern und Muhmen der Frau Mauserinks hervorgesprungen und auch sogar ihre sieben Söhne, recht unartige Schlingel, die machten sich über den Speck her, und nicht wehren konnte ihnen die erschrockene Königin. Zum Glück kam die Oberhofmeisterin dazu und verjagte die zudringlichen Gäste, so daß noch etwas Speck übrigblieb, welcher nach Anweisung des herbeigerufenen Hofmathematikers sehr künstlich auf alle Würste verteilt wurde.
Pauken und Trompeten erschallten, alle anwesenden Potentaten und Prinzen zogen in glänzenden Feierkleidern, zum Teil auf weißen Zeltern, zum Teil in kristallnen Kutschen, zum Wurstschmause. Der König empfing sie mit herzlicher Freundlichkeit und Huld und setzte sich dann, als Landesherr mit Kron' und Zepter angetan, an die Spitze des Tisches.
Schon in der Station der Leberwürste sah man, wie der König immer mehr und mehr erblaßte, wie er die Augen gen Himmel hob – leise Seufzer entflohen seiner Brust – ein gewaltiger Schmerz schien in seinem Innern zu wühlen!

Doch in der Station der Blutwürste sank er, laut schluchzend und ächzend, in den Lehnsessel zurück, er hielt beide Hände vors Gesicht, er jammerte und stöhnte.

Alles sprang auf von der Tafel, der Leibarzt bemühte sich vergebens, des unglücklichen Königs Puls zu erfassen, ein tiefer, namenloser Jammer schien ihn zu zerreißen. Endlich, endlich, nach vielem Zureden, nach Anwendung starker Mittel, als da sind gebrannte Federkiele und dergleichen, schien der König etwas zu sich selbst zu kommen, er stammelte kaum hörbar die Worte: »Zu wenig Speck.«

Da warf sich die Königin trostlos ihm zu Füßen und schluchzte: »O mein armer unglücklicher königlicher Gemahl! – O welchen Schmerz mußten Sie dulden! – Aber sehen Sie hier die Schuldige zu Ihren Füßen – strafen, strafen Sie sie hart! – Ach – Frau Mauserinks mit ihren sieben Söhnen, Gevattern und Muhmen hat den Speck aufgefressen und« – damit fiel die Königin rücklings über in Ohnmacht.

Aber der König sprang voller Zorn auf und rief laut: »Oberhofmeisterin, wie ging das zu?«

Die Oberhofmeisterin erzählte, soviel sie wußte, und der König beschloß, Rache zu nehmen an der Frau Mauserinks und ihrer Familie, die ihm den Speck aus der Wurst weggefressen hatten. Der Geheime Staatsrat wurde berufen, man beschloß, der Frau Mauserinks den Prozeß zu machen und ihre sämtlichen Güter einzuziehen; da aber der König meinte, daß sie unterdessen ihm doch noch immer den Speck wegfressen könnte, so wurde die ganze Sache dem Hofuhrmacher und Arkanisten übertragen. Dieser Mann, der ebenso hieß als ich, nämlich Christian Elias Droßelmeier, versprach, durch eine ganz besonders staatskluge Operation die Frau Mauserinks mit ihrer Familie auf ewige Zeiten aus dem Palast zu vertreiben. Er erfand auch wirklich kleine, sehr künstliche Maschinen, in die an einem Fädchen gebratener Speck getan wurde und die Droßelmeier rings um die Wohnung der Frau Speckfresserin aufstellte.

Frau Mauserinks war viel zu weise, um nicht Droßelmeiers List einzusehen, aber alle ihre Warnungen, alle ihre Vorstellungen halfen nichts, von dem süßen Geruch des gebratenen Specks verlockt, gingen alle sieben Söhne und viele, viele Gevattern und Muhmen der Frau Mauserinks in Droßelmeiers Maschinen hinein und wurden, als sie eben den Speck wegnaschen wollten, durch ein

plötzlich vorfallendes Gitter gefangen, dann aber in der Küche selbst schmachvoll hingerichtet. Frau Mauserinks verließ mit ihrem kleinen Häufchen den Ort des Schreckens. Gram, Verzweiflung, Rache erfüllte ihre Brust.
Der Hof jubelte sehr, aber die Königin war besorgt, weil sie die Gemütsart der Frau Mauserinks kannte und wohl wußte, daß sie den Tod ihrer Söhne und Verwandten nicht ungerächt hingehen lassen würde.
In der Tat erschien auch Frau Mauserinks, als die Königin eben für den königlichen Gemahl einen Lungenmus bereitete, den er sehr gern aß, und sprach: »Meine Söhne – meine Gevattern und Muhmen sind erschlagen, gib wohl acht, Frau Königin, daß Mausekönigin dir nicht dein Prinzeßchen entzwei beißt – gib wohl acht.« Darauf verschwand sie wieder und ließ sich nicht mehr sehen, aber die Königin war so erschrocken, daß sie den Lungenmus ins Feuer fallen ließ, und zum zweiten Mal verdarb Frau Mauserinks dem Könige eine Lieblingsspeise, worüber er sehr zornig war.

»Nun ist's aber genug für heute abend, künftig das übrige.«
So sehr auch Marie, die bei der Geschichte ihre ganz eignen Gedanken hatte, den Paten Droßelmeier bat, doch nur ja weiter zu erzählen, so ließ er sich doch nicht erbitten, sondern sprang auf, sprechend: »Zuviel auf einmal ist ungesund, morgen das übrige.«
Eben als der Obergerichtsrat im Begriff stand, zur Tür hinauszuschreiten, fragte Fritz: »Aber sag mal, Pate Droßelmeier, ist's denn wirklich wahr, daß du die Mausefallen erfunden hast?«
»Wie kann man nur so albern fragen«, rief die Mutter, aber der Obergerichtsrat lächelte sehr seltsam und sprach leise: »Bin ich denn nicht ein künstlicher Uhrmacher und sollt nicht einmal Mausefallen erfinden können?«

Fortsetzung des Märchens von der harten Nuß

NUN WISST IHR WOHL, Kinder, so fuhr der Obergerichtsrat Droßelmeier am nächsten Abende fort, nun wißt ihr wohl, Kinder, warum die Königin das wunderschöne Prinzeßchen Pirlipat so sorglich bewachen ließ. Mußte sie nicht fürchten, daß Frau Mauserinks ihre Drohung erfüllen, wiederkommen und das Prinzeßchen totbeißen würde? Droßelmeiers Maschinen halfen gegen die kluge und gewitzigte Frau Mauserinks ganz und gar nichts, und nur der Astronom des Hofes, der zugleich Geheimer Oberzeichen- und Sterndeuter war, wollte wissen, daß die Familie des Katers Schnurr imstande sein werde, die Frau Mauserinks von der Wiege abzuhalten; demnach geschah es also, daß jede der Wärterinnen einen der Söhne jener Familie, die übrigens bei Hofe als Geheime Legationsräte angestellt waren, auf dem Schoße halten und durch schickliches Krauen ihm den beschwerlichen Staatsdienst zu versüßen suchen mußte.

Es war einmal schon Mitternacht, als die eine der beiden Geheimen Oberwärterinnen, die dicht an der Wiege saßen, wie aus tiefem Schlafe auffuhr. Alles rund umher lag vom Schlafe befangen – kein Schnurren – tiefe Totenstille, in der man das Picken des Holzwurms vernahm! Doch wie ward der Geheimen Oberwärterin, als sie dicht vor sich eine große, sehr häßliche Maus erblickte,

die auf den Hinterfüßen aufgerichtet stand und den fatalen Kopf auf das Gesicht der Prinzessin gelegt hatte. Mit einem Schrei des Entsetzens sprang sie auf, alles erwachte, aber in dem Augenblick rannte Frau Mauserinks (niemand anders war die große Maus an Pirlipats Wiege) schnell nach der Ecke des Zimmers. Die Legationsräte stürzten ihr nach, aber zu spät – durch eine Ritze in dem Fußboden des Zimmers war sie verschwunden.

Pirlipatchen erwachte von dem Rumor und weinte sehr kläglich. »Dank dem Himmel«, riefen die Wärterinnen, »sie lebt!«

Doch wie groß war ihr Schrecken, als sie hinblickten nach Pirlipatchen und wahrnahmen, was aus dem schönen zarten Kinde geworden. Statt des weiß und roten goldgelockten Engelsköpfchens saß ein unförmlicher dicker Kopf auf einem winzig kleinen zusammengekrümmten Leibe, die azurblauen Äugelein hatten sich verwandelt in grüne hervorstehende, starrblickende Augen, und das Mündchen hatte sich verzogen von einem Ohr zum andern.

Die Königin wollte vergehen in Wehklagen und Jammer, und des Königs Studierzimmer mußte mit wattierten Tapeten ausgeschlagen werden, weil er ein Mal über das andere mit dem Kopf gegen die Wand rannte und dabei mit sehr jämmerlicher Stimme rief: »O ich unglückseliger Monarch!« Er konnte zwar nun einsehen, daß es besser gewesen wäre, die Würste ohne Speck zu essen und die Frau Mauserinks mit ihrer Sippschaft unter dem Herde in Ruhe zu lassen, daran dachte aber Pirlipats königlicher Vater nicht, sondern er schob einmal alle Schuld auf den Hofuhrmacher und Arkanisten Christian Elias Droßelmeier aus Nürnberg. Deshalb erließ er den weisen Befehl: Droßelmeier habe binnen vier Wochen die Prinzessin Pirlipat in den vorigen Zustand herzustellen oder wenigstens ein bestimmtes untrügliches Mittel anzugeben, wie dies zu bewerkstelligen sei, widrigenfalls er dem schmachvollen Tode unter dem Beil des Henkers verfallen sein solle.

Droßelmeier erschrak nicht wenig, indessen vertraute er bald seiner Kunst und seinem Glück und schritt sogleich zu der ersten Operation, die ihm nützlich schien. Er nahm Prinzeßchen Pirlipat sehr geschickt auseinander, schrob ihr Händchen und Füßchen ab und besah sogleich die innere Struktur, aber da fand er leider, daß die Prinzessin, je größer, desto unförmlicher werden würde, und wußte sich nicht zu raten, nicht zu helfen. Er setzte die Prinzessin behutsam wieder zusammen und versank an ihrer Wiege, die er nie verlassen durfte, in Schwermut.

Schon war die vierte Woche angegangen – ja bereits Mittwoch, als der König mit zornfunkelnden Augen hineinblickte und, mit dem Zepter drohend, rief: »Christian Elias Droßelmeier, kuriere die Prinzessin, oder du mußt sterben!«

Droßelmeier fing an, bitterlich zu weinen, aber Prinzeßchen Pirlipat knackte vergnügt Nüsse. Zum erstenmal fiel dem Arkanisten Pirlipats ungewöhnlicher Appetit nach Nüssen und der Umstand auf, daß sie mit Zähnchen zur Welt gekommen. In der Tat hatte sie gleich nach der Verwandlung so lange geschrien, bis ihr zufällig eine Nuß vorkam, die sie sogleich aufknackte, den Kern aß und dann ruhig wurde. Seit der Zeit fanden die Wärterinnen nichts geraten, als ihr Nüsse zu bringen.

»O heiliger Instinkt der Natur, ewig unerforschliche Sympathie aller Wesen«, rief Christian Elias Droßelmeier aus, »du zeigst mir die Pforte zum Geheimnis, ich will anklopfen, und sie wird sich öffnen!«

Er bat sogleich um die Erlaubnis, mit dem Hofastronom sprechen zu können, und wurde mit starker Wache hingeführt. Beide Herren umarmten sich unter vielen Tränen, da sie zärtliche Freunde waren, zogen sich dann in ein geheimes Kabinett zurück und schlugen viele Bücher nach, die von dem Instinkt, von den Sympathien und Antipathien und andern geheimnisvollen Dingen handelten.

Die Nacht brach herein, der Hofastronom sah nach den Sternen und stellte mit Hülfe des auch hierin sehr geschickten Droßelmeiers das Horoskop der Prinzessin Pirlipat. Das war eine große Mühe, denn die Linien verwirrten sich immer mehr und mehr, endlich aber – welche Freude, endlich lag es klar vor ihnen, daß die Prinzessin Pirlipat, um den Zauber, der sie verhäßlicht, zu lösen und um wieder so schön zu werden als vorher, nichts zu tun hätte, als den süßen Kern der Nuß Krakatuk zu genießen.

Die Nuß Krakatuk hatte eine solche harte Schale, daß eine achtundvierzigpfündige Kanone darüber wegfahren konnte, ohne sie zu zerbrechen. Diese harte Nuß mußte aber von einem Manne, der noch nie rasiert worden und der niemals Stiefeln getragen, vor der Prinzessin aufgebissen und ihr von ihm mit geschlossenen Augen der Kern dargereicht werden. Erst nachdem er sieben Schritte rückwärts gegangen, ohne zu stolpern, durfte der junge Mann wieder die Augen erschließen.

Drei Tage und drei Nächte hatte Droßelmeier mit dem Astronomen ununterbrochen gearbeitet, und es saß gerade des Sonnabends der König bei dem Mittagstisch, als Droßelmeier, der Sonntag in aller Frühe geköpft werden sollte, voller Freude und Jubel hineinstürzte und das gefundene Mittel, der Prinzessin Pirlipat die verlorene Schönheit wiederzugeben, verkündete.

Der König umarmte ihn mit heftigem Wohlwollen, versprach ihm einen diamantenen Degen, vier Orden und zwei neue Sonntagsröcke. »Gleich nach Tische«, setzte er freundlich hinzu, »soll es ans Werk gehen, sorgen Sie, teurer Arkanist, daß der junge unrasierte Mann in Schuhen mit der Nuß Krakatuk gehörig bei der Hand sei, und lassen Sie ihn vorher keinen Wein trinken, damit er nicht stolpert, wenn er sieben Schritte rückwärts geht wie ein Krebs, nachher kann er erklecklich saufen!«

Droßelmeier wurde über diese Rede des Königs sehr bestürzt, und nicht ohne Zittern und Zagen brachte er es stammelnd heraus, daß das Mittel zwar gefunden wäre, beides, die Nuß Krakatuk und der junge Mann zum Aufbeißen

derselben, aber erst gesucht werden müßten, wobei es noch obenein zweifelhaft bliebe, ob Nuß und Nußknacker jemals gefunden werden dürften.
Hoch erzürnt schwang der König den Zepter über das gekrönte Haupt und schrie mit einer Löwenstimme: »So bleibt es bei dem Köpfen.«
Ein Glück war es für den in Angst und Not versetzten Droßelmeier, daß dem Könige das Essen gerade den Tag sehr wohl geschmeckt hatte, er mithin in der guten Laune war, vernünftigen Vorstellungen Gehör zu geben, an denen es die großmütige und von Droßelmeiers Schicksal gerührte Königin nicht mangeln ließ.
Droßelmeier faßte Mut und stellte zuletzt vor, daß er doch eigentlich die Aufgabe, das Mittel, wodurch die Prinzessin geheilt werden könne, zu nennen, gelöst und sein Leben gewonnen habe.
Der König nannte das dumme Ausreden und einfältigen Schnickschnack, beschloß aber endlich, nachdem er ein Gläschen Magenwasser zu sich genommen, daß beide, der Uhrmacher und der Astronom, sich auf die Beine machen und nicht anders als mit der Nuß Krakatuk in der Tasche wiederkehren sollten.
Der Mann zum Aufbeißen derselben sollte, wie es die Königin vermittelte, durch mehrmaliges Einrücken einer Aufforderung in einheimische und auswärtige Zeitungen und Intelligenzblätter herbeigeschafft werden.

Der Obergerichtsrat brach hier wieder ab und versprach, den andern Abend das übrige zu erzählen.

Beschluß des Märchens von der harten Nuß

Am andern Abende, sowie kaum die Lichter angesteckt worden, fand sich Pate Droßelmeier wirklich wieder ein und erzählte also weiter:

Droßelmeier und der Hofastronom waren schon fünfzehn Jahre unterwegs, ohne der Nuß Krakatuk auf die Spur gekommen zu sein. Wo sie überall waren, welche sonderbare seltsame Dinge ihnen widerfuhren, davon könnt ich euch, ihr Kinder, vier Wochen lang erzählen, ich will es aber nicht tun, sondern nur gleich sagen, daß Droßelmeier in seiner tiefen Betrübnis zuletzt eine sehr große Sehnsucht nach seiner lieben Vaterstadt Nürnberg empfand. Ganz besonders überfiel ihn diese Sehnsucht, als er gerade einmal mit seinem Freunde mitten in einem großen Walde in Asien ein Pfeifchen Knaster rauchte.

»O schöne Vaterstadt
Nürnberg – schöne Stadt,
wer dich nicht gesehen hat,
mag er auch viel gereist sein
nach London, Paris und Peterwardein,

ist ihm das Herz doch nicht aufgegangen,
muß er doch stets nach dir verlangen –
nach dir, o Nürnberg, schöne Stadt,
die schöne Häuser mit Fenstern hat.«

Als Droßelmeier so sehr wehmütig klagte, wurde der Astronom von tiefem Mitleiden ergriffen und fing so jämmerlich zu heulen an, daß man es weit und breit in Asien hören konnte.

Doch faßte er sich wieder, wischte sich die Tränen aus den Augen und fragte: »Aber wertgeschätzter Kollege, warum sitzen wir hier und heulen? Warum gehen wir nicht nach Nürnberg, ist's denn nicht gänzlich egal, wo und wie wir die fatale Nuß Krakatuk suchen?«

»Das ist auch wahr«, erwiderte Droßelmeier getröstet.

Beide standen alsbald auf, klopften die Pfeifen aus und gingen schnurgerade in einem Strich fort, aus dem Walde mitten in Asien, nach Nürnberg.

Kaum waren sie dort angekommen, so lief Droßelmeier schnell zu seinem Vetter, dem Puppendrechsler, Lackierer und Vergolder Christoph Zacharias Droßelmeier, den er in vielen, vielen Jahren nicht mehr gesehen. *Dem* erzählte nun der Uhrmacher die ganze Geschichte von der Prinzessin Pirlipat, der Frau Mauserinks und der Nuß Krakatuk, so daß der ein Mal über das andere die Hände zusammenschlug und voll Erstaunen ausrief: »Ei Vetter, Vetter, was sind das für wunderbare Dinge!«

Droßelmeier erzählte weiter von den Abenteuern seiner weiten Reise, wie er zwei Jahre bei dem Dattelkönig zugebracht, wie er vom Mandelfürsten schnöde abgewiesen, wie er bei der naturforschenden Gesellschaft in Eichhornshausen vergebens angefragt, kurz, wie es ihm überall mißlungen sei, auch nur eine Spur von der Nuß Krakatuk zu erhalten.

Während dieser Erzählung hatte Christoph Zacharias oftmals mit den Fingern geschnippt – sich auf einem Fuße herumgedreht – mit der Zunge geschnalzt – dann gerufen – »Hm hm – i – ei – o – das wäre der Teufel!« Endlich warf er Mütze und Perücke in die Höhe, umhalste den Vetter mit Heftigkeit und rief: »Vetter – Vetter! Ihr seid geborgen, geborgen seid Ihr, sag ich, denn alles müßte mich trügen, oder ich besitze selbst die Nuß Krakatuk.«

Er holte alsbald eine Schachtel hervor, aus der er eine vergoldete Nuß von mittelmäßiger Größe hervorzog. »Seht«, sprach er, indem er die Nuß dem

Vetter zeigte, »seht, mit dieser Nuß hat es folgende Bewandtnis: Vor vielen Jahren kam einst zur Weihnachtszeit ein fremder Mann mit einem Sack voll Nüssen hierher, die er feilbot. Gerade vor meiner Puppenbude geriet er in Streit und setzte den Sack ab, um sich besser gegen den hiesigen Nußverkäufer, der nicht leiden wollte, daß der Fremde Nüsse verkaufe, und ihn deshalb angriff, zu wehren. In dem Augenblick fuhr ein schwer beladener Lastwagen über den Sack, alle Nüsse wurden zerbrochen bis auf eine, die mir der fremde Mann, seltsam lächelnd, für einen blanken Zwanziger vom Jahre 1720 feilbot. Mir schien das wunderbar, ich fand gerade einen solchen Zwanziger in meiner Tasche, wie ihn der Mann haben wollte, kaufte die Nuß und vergoldete sie, selbst nicht recht wissend, warum ich die Nuß so teuer bezahlte und dann so wert hielt.«

Jeder Zweifel, daß des Vetters Nuß wirklich die gesuchte Nuß Krakatuk war, wurde augenblicklich gehoben, als der herbeigerufene Hofastronom das Gold sauber abschabte und in der Rinde der Nuß das Wort Krakatuk mit chinesischen Schriftzeichen eingegraben fand.

Die Freude der Reisenden war groß und der Vetter der glücklichste Mensch unter der Sonne, als Droßelmeier ihm versicherte, daß sein Glück gemacht sei, da er außer einer ansehnlichen Pension hinfüro alles Gold zum Vergolden umsonst erhalten werde.

Beide, der Arkanist und der Astronom, hatten schon die Schlafmützen aufgesetzt und wollten zu Bette gehen, als letzterer, nämlich der Astronom, also anhob: »Bester Herr Kollege, ein Glück kommt nie allein. Glauben Sie, nicht nur die Nuß Krakatuk, sondern auch den jungen Mann, der sie aufbeißt und den Schönheitskern der Prinzessin darreicht, haben wir gefunden! Ich meine niemanden anders als den Sohn Ihres Herrn Vetters! – Nein, nicht schlafen will ich«, fuhr er begeistert fort, »sondern noch in dieser Nacht des Jünglings Horoskop stellen!« Damit riß er die Nachtmütze vom Kopf und fing gleich an zu observieren.

Des Vetters Sohn war in der Tat ein netter wohlgewachsener Junge, der noch nie rasiert worden und niemals Stiefel getragen. In früher Jugend war er zwar ein paar Weihnachten hindurch ein Hampelmann gewesen, das merkte man ihm aber nicht im mindesten an, so war er durch des Vaters Bemühungen ausgebildet worden. An den Weihnachtstagen trug er einen schönen roten Rock mit Gold, einen Degen, den Hut unter dem Arm und eine vorzügliche

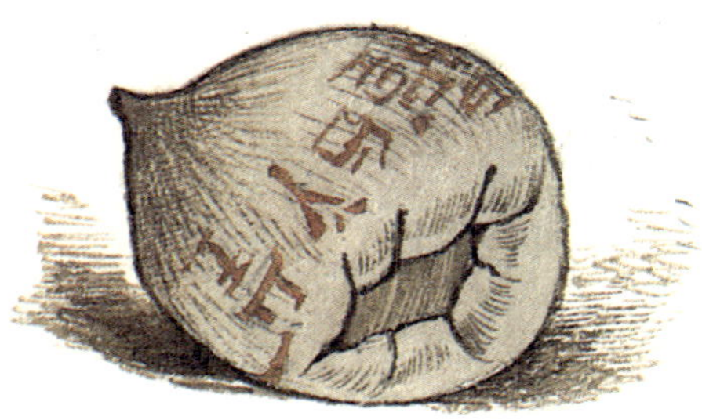

Frisur mit einem Haarbeutel. So stand er sehr glänzend in seines Vaters Bude und knackte aus angeborner Galanterie den jungen Mädchen die Nüsse auf, weshalb sie ihn auch schön Nußknackerchen nannten.
Den andern Morgen fiel der Astronom dem Arkanisten entzückt um den Hals und rief: »Er ist es, wir haben ihn, er ist gefunden; nur zwei Dinge, liebster Kollege, dürfen wir nicht außer acht lassen. Fürs erste müssen Sie Ihrem vortrefflichen Neffen einen robusten hölzernen Zopf flechten, der mit dem untern Kinnbacken so in Verbindung steht, daß dieser dadurch stark angezogen werden kann; dann müssen wir aber, kommen wir nach der Residenz, auch sorgfältig verschweigen, daß wir den jungen Mann, der die Nuß Krakatuk aufbeißt, gleich mitgebracht haben; er muß sich vielmehr lange nach uns einfinden. Ich lese in dem Horoskop, daß der König, zerbeißen sich erst einige die Zähne ohne weitern Erfolg, dem, der die Nuß aufbeißt und der Prinzessin die verlorene Schönheit wiedergibt, Prinzessin und Nachfolge im Reich zum Lohn versprechen wird.«
Der Vetter Puppendrechsler war gar höchlich damit zufrieden, daß sein Söhnchen die Prinzessin Pirlipat heiraten und Prinz und König werden sollte, und überließ ihn daher den Gesandten gänzlich. Der Zopf, den Droßelmeier dem jungen hoffnungsvollen Neffen ansetzte, geriet überaus wohl, so daß er mit dem Aufbeißen der härtesten Pfirsichkerne die glänzendsten Versuche anstellte.
Da Droßelmeier und der Astronom das Auffinden der Nuß Krakatuk sogleich nach der Residenz berichtet, so waren dort auch auf der Stelle die nötigen Aufforderungen erlassen worden, und als die Reisenden mit dem Schönheitsmittel ankamen, hatten sich schon viele hübsche Leute, unter denen es sogar Prinzen gab, eingefunden, die, ihrem gesunden Gebiß vertrauend, die Entzauberung der Prinzessin versuchen wollten.
Die Gesandten erschraken nicht wenig, als sie die Prinzessin wiedersahen. Der kleine Körper mit den winzigen Händchen und Füßchen konnte kaum den unförmlichen Kopf tragen. Die Häßlichkeit des Gesichts wurde noch durch einen weißen baumwollenen Bart vermehrt, der sich um Mund und Kinn gelegt hatte.
Es kam alles so, wie es der Hofastronom im Horoskop gelesen. Ein Milchbart in Schuhen nach dem andern biß sich an der Nuß Krakatuk Zähne und Kinnbacken wund, ohne der Prinzessin im mindesten zu helfen, und wenn er dann von

den dazu bestellten Zahnärzten halb ohnmächtig weggetragen wurde, seufzte er: »Das war eine harte Nuß!«
Als nun der König in der Angst seines Herzens dem, der die Entzauberung vollenden werde, Tochter und Reich versprochen, meldete sich der artige sanfte Jüngling Droßelmeier und bat, auch den Versuch beginnen zu dürfen.
Keiner als der junge Droßelmeier hatte so sehr der Prinzessin Pirlipat gefallen; sie legte die kleinen Händchen auf das Herz und seufzte recht innig: »Ach, wenn es doch *der* wäre, der die Nuß Krakatuk wirklich aufbeißt und mein Mann wird.«
Nachdem der junge Droßelmeier den König und die Königin, dann aber die Prinzessin Pirlipat sehr höflich gegrüßt, empfing er aus den Händen des Oberzeremonienmeisters die Nuß Krakatuk, nahm sie ohne weiteres zwischen die Zähne, zog stark den Zopf an, und krak – krak zerbröckelte die Schale in viele Stücke. Geschickt reinigte er den Kern von den noch daran hängenden Fasern und überreichte ihn mit einem untertänigen Kratzfuß der Prinzessin, worauf er die Augen verschloß und rückwärts zu schreiten begann.
Die Prinzessin verschluckte alsbald den Kern, und – o Wunder! – verschwunden war die Mißgestalt, und statt ihrer stand ein engelschönes Frauenbild da, das Gesicht wie von lilienweißen und rosaroten Seidenflocken gewebt, die Augen wie glänzende Azure, die vollen Locken wie von Goldfaden gekräuselt.
Trompeten und Pauken mischten sich in den lauten Jubel des Volks. Der König, sein ganzer Hof tanzte wie bei Pirlipats Geburt auf einem Beine, und die Königin mußte mit Eau de Cologne bedient werden, weil sie in Ohnmacht gefallen vor Freude und Entzücken.

Der große Tumult brachte den jungen Droßelmeier, der noch seine sieben Schritte zu vollenden hatte, nicht wenig aus der Fassung, doch hielt er sich und streckte eben den rechten Fuß aus zum siebenten Schritt, da erhob sich, häßlich piepend und quiekend, Frau Mauserinks aus dem Fußboden, so daß Droßelmeier, als er den Fuß niedersetzen wollte, auf sie trat und dermaßen stolperte, daß er beinahe gefallen wäre.
O Mißgeschick! Urplötzlich war der Jüngling ebenso mißgestaltet, als es vorher Prinzessin Pirlipat gewesen. Der Körper war zusammengeschrumpft und konnte kaum den dicken ungestalteten Kopf mit großen hervorstechenden Augen und dem breiten, entsetzlich aufgähnenden Maule tragen. Statt des

Zopfes hing ihm hinten ein schmaler hölzerner Mantel herab, mit dem er den untern Kinnbacken regierte.
Uhrmacher und Astronom waren außer sich vor Schreck und Entsetzen, sie sahen aber, wie Frau Mauserinks sich blutend auf dem Boden wälzte. Ihre Bosheit war nicht ungerächt geblieben, denn der junge Droßelmeier hatte sie mit dem spitzen Absatz seines Schuhes so derb in den Hals getroffen, daß sie sterben mußte. Aber indem Frau Mauserinks von der Todesnot erfaßt wurde, da piepte und quiekte sie ganz erbärmlich:

»O Krakatuk, harte Nuß,
an der ich nun sterben muß!
Hi hi – pi pi –
fein Nußknackerlein,
wirst auch bald des Todes sein:
Söhnlein mit den sieben Kronen
wird's dem Nußknacker lohnen,
wird die Mutter rächen fein
an dir, du klein Nußknackerlein!
O Leben, so frisch und rot,
von dir scheid ich, o Todesnot!
Quiek –«

Mit diesem Schrei starb Frau Mauserinks und wurde von dem königlichen Ofenheizer fortgebracht.
Um den jungen Droßelmeier hatte sich niemand bekümmert, die Prinzessin erinnerte aber den König an sein Versprechen, und sogleich befahl er, daß man den jungen Helden herbeischaffe.
Als nun aber der Unglückliche in seiner Mißgestalt hervortrat, da hielt die Prinzessin beide Hände vors Gesicht und schrie: »Fort, fort mit dem abscheulichen Nußknacker!«
Alsbald ergriff ihn auch der Hofmarschall bei den kleinen Schultern und warf ihn zur Türe heraus. Der König war voller Wut, daß man ihm habe einen Nußknacker als Eidam aufdringen wollen, schob alles auf das Ungeschick des Uhrmachers und des Astronomen und verwies beide auf ewige Zeiten aus der Residenz.

Das hatte nun nicht in dem Horoskop gestanden, welches der Astronom in Nürnberg gestellt, er ließ sich aber nicht abhalten, aufs neue zu observieren, und da wollte er in den Sternen lesen, daß der junge Droßelmeier sich in seinem neuen Stande so gut nehmen werde, daß er trotz seiner Ungestalt Prinz und König werden würde. Seine Mißgestalt könne aber nur dann verschwinden, wenn der Sohn der Frau Mauserinks, den sie nach dem Tode ihrer sieben Söhne mit sieben Köpfen geboren und welcher Mausekönig geworden, von seiner Hand gefallen sei und eine Dame ihn trotz seiner Mißgestalt liebgewinnen werde.
Man soll denn auch wirklich den jungen Droßelmeier in Nürnberg zur Weihnachtszeit in seines Vaters Bude, zwar als Nußknacker, aber doch als Prinzen gesehen haben!

»Das ist, ihr Kinder, das Märchen von der harten Nuß, und ihr wißt nun, warum die Leute so oft sagen: ›Das war eine harte Nuß!‹, und wie es kommt, daß die Nußknacker so häßlich sind.«
So schloß der Obergerichtsrat seine Erzählung. Marie meinte, daß die Prinzessin Pirlipat doch eigentlich ein garstiges undankbares Ding sei; Fritz versicherte dagegen, daß, wenn Nußknacker nur sonst ein braver Kerl sein wolle, er mit dem Mausekönig nicht viel Federlesens machen und seine vorige hübsche Gestalt bald wieder erlangen werde.

Onkel und Neffe

Hat jemand von meinen hochverehrtesten Lesern oder Zuhörern jemals den Zufall erlebt, sich mit Glas zu schneiden, so wird er selbst wissen, wie wehe es tut und welch schlimmes Ding es überhaupt ist, da es so langsam heilt. Hatte doch Marie beinahe eine ganze Woche im Bett zubringen müssen, weil es ihr immer ganz schwindlicht zumute wurde, sobald sie aufstand. Endlich aber wurde sie ganz gesund und konnte lustig wie sonst in der Stube umherspringen. Im Glasschrank sah es ganz hübsch aus, denn neu und blank standen da Bäume und Blumen und Häuser und schöne glänzende Puppen. Vor allen Dingen fand Marie ihren lieben Nußknacker wieder, der, in dem zweiten Fache stehend, mit ganz gesunden Zähnchen sie anlächelte.

Als sie nun den Liebling so recht mit Herzenslust anblickte, da fiel es ihr mit einemmal sehr bänglich aufs Herz, daß alles, was Pate Droßelmeier erzählt habe, ja nur die Geschichte des Nußknackers und seines Zwistes mit der Frau Mauserinks und ihrem Sohne gewesen. Nun wußte sie, daß ihr Nußknacker kein anderer sein könne als der junge Droßelmeier aus Nürnberg, des Pate Droßelmeiers angenehmer, aber leider von der Frau Mauserinks verhexter Neffe.

Denn daß der künstliche Uhrmacher am Hofe von Pirlipats Vater niemand

anders gewesen als der Obergerichtsrat Droßelmeier selbst, daran hatte Marie schon bei der Erzählung nicht einen Augenblick gezweifelt.
»Aber warum half dir der Onkel denn nicht, warum half er dir nicht?« So klagte Marie, als sich es immer lebendiger und lebendiger in ihr gestaltete, daß es in jener Schlacht, die sie mit ansah, Nußknackers Reich und Krone galt. Waren denn nicht alle übrigen Puppen ihm untertan, und war es denn nicht gewiß, daß die Prophezeiung des Hofastronomen eingetroffen und der junge Droßelmeier König des Puppenreichs geworden?
Indem die kluge Marie das alles so recht im Sinn erwägte, glaubte sie auch, daß Nußknacker und seine Vasallen in dem Augenblick, daß sie ihnen Leben und Bewegung zutraute, auch wirklich leben und sich bewegen müßten. Dem war aber nicht so, alles im Schranke blieb vielmehr starr und regungslos, und Marie, weit entfernt, ihre innere Überzeugung aufzugeben, schob das nur auf die fortwirkende Verhexung der Frau Mauserinks und ihres siebenköpfigen Sohnes.
»Doch«, sprach sie laut zum Nußknacker, »wenn Sie auch nicht imstande sind, sich zu bewegen oder ein Wörtchen mit mir zu sprechen, lieber Herr Droßelmeier, so weiß ich doch, daß Sie mich verstehen und es wissen, wie gut ich es mit Ihnen meine; rechnen Sie auf meinen Beistand, wenn Sie dessen bedürfen. Wenigstens will ich den Onkel bitten, daß er Ihnen mit seiner Geschicklichkeit beispringe, wo es nötig ist.«
Nußknacker blieb still und ruhig, aber Marien war es so, als atme ein leiser Seufzer durch den Glasschrank, wovon die Glasscheiben kaum hörbar, aber wunderlieblich ertönten, und es war, als sänge ein kleines Glockenstimmchen:

»Maria klein
Schutzenglein mein
dein werd ich sein
Maria mein.«

Marie fühlte in den eiskalten Schauern, die sie überliefen, doch ein seltsames Wohlbehagen.
Die Dämmerung war eingebrochen, der Medizinalrat trat mit dem Paten Droßelmeier hinein, und nicht lange dauerte es, so hatte Luise den Teetisch

geordnet, und die Familie saß ringsumher, allerlei Lustiges miteinander sprechend.
Marie hatte ganz still ihr kleines Lehnstühlchen herbeigeholt und sich zu den Füßen des Paten Droßelmeier gesetzt. Als nun gerade einmal alle schwiegen, da sah Marie mit ihren großen blauen Augen dem Obergerichtsrat starr ins Gesicht und sprach: »Ich weiß jetzt, lieber Pate Droßelmeier, daß mein Nußknacker dein Neffe, der junge Droßelmeier aus Nürnberg ist; Prinz oder vielmehr König ist er geworden, das ist richtig eingetroffen, wie es dein Begleiter, der Astronom, vorausgesagt hat; aber du weißt es ja, daß er mit dem Sohne der Frau Mauserinks, mit dem häßlichen Mausekönig, in offnem Kriege steht. Warum hilfst du ihm nicht?«
Marie erzählte nun nochmals den ganzen Verlauf der Schlacht, wie sie es angesehen, und wurde oft durch das laute Gelächter der Mutter und Luisens unterbrochen. Nur Fritz und Droßelmeier blieben ernsthaft.
»Aber wo kriegt das Mädchen all das tolle Zeug in den Kopf?« sagte der Medizinalrat.
»Ei nun«, erwiderte die Mutter, »hat sie doch eine lebhafte Phantasie – eigentlich sind es nur Träume, die das heftige Wundfieber erzeugte.«
»Es ist alles nicht wahr«, sprach Fritz, »solche Hasenfüße sind meine roten Husaren nicht, Potz Bassa Manelka, wie würd ich sonst darunterfahren.«
Seltsam lächelnd nahm aber Pate Droßelmeier die kleine Marie auf den Schoß und sprach sanfter als je: »Ei, dir, liebe Marie, ist ja mehr gegeben als mir und uns allen; du bist, wie Pirlipat, eine geborne Prinzessin, denn du regierst in einem schönen blanken Reich. Aber viel hast du zu leiden, wenn du dich des armen mißgestalteten Nußknackers annehmen willst, da ihn der Mausekönig auf allen Wegen und Stegen verfolgt. Doch nicht ich – du, du allein kannst ihn retten, sei standhaft und treu.«
Weder Marie noch irgend jemand wußte, was Droßelmeier mit diesen Worten sagen wollte, vielmehr kam es dem Medizinialrat so sonderbar vor, daß er dem Obergerichtsrat an den Puls fühlte und sagte: »Sie haben, wertester Freund, starke Kongestionen nach dem Kopfe, ich will Ihnen etwas aufschreiben.«
Nur die Medizinalrätin schüttelte bedächtlich den Kopf und sprach leise: »Ich ahne wohl, was der Obergerichtsrat meint, doch mit deutlichen Worten sagen kann ich's nicht.«

Der Sieg

Nicht lange dauerte es, als Marie in der mondhellen Nacht durch ein seltsames Poltern geweckt wurde, das aus einer Ecke des Zimmers zu kommen schien. Es war, als würden kleine Steine hin und her geworfen und gerollt, und recht widrig pfiff und quiekte es dazwischen.

»Ach, die Mäuse, die Mäuse kommen wieder«, rief Marie erschrocken, aber jeder Laut stockte, ja sie vermochte kein Glied zu regen, als sie sah, wie der Mausekönig sich durch ein Loch der Mauer hervorarbeitete und endlich mit funkelnden Augen und Kronen im Zimmer herum, dann aber mit einem gewaltigen Satz auf den kleinen Tisch, der dicht neben Mariens Bette stand, heraufsprang. »Hi – hi – hi – mußt mir deine Zuckererbsen – deinen Marzipan geben, klein Ding – sonst zerbeiß ich deinen Nußknacker – deinen Nußknakker!« So pfiff Mausekönig, knapperte und knirschte dabei sehr häßlich mit den Zähnen und sprang dann schnell wieder fort durch das Mauerloch.

Marie war so geängstet von der graulichen Erscheinung, daß sie den andern Morgen ganz blaß aussah und, im Innersten aufgeregt, kaum ein Wort zu reden vermochte. Hundertmal wollte sie der Mutter oder der Luise oder wenigstens dem Fritz klagen, was ihr geschehen, aber sie dachte: Glaubt's mir denn einer, und werd ich nicht obendrein tüchtig ausgelacht?

Das war ihr denn aber wohl klar, daß sie, um den Nußknacker zu retten, Zuckererbsen und Marzipan hergeben müsse. Soviel sie davon besaß, legte sie daher den andern Abend hin vor der Leiste des Schranks.
Am Morgen sagte die Medizinalrätin: »Ich weiß nicht, woher die Mäuse mit einemmal in unser Wohnzimmer kommen, sieh nur, arme Marie! Sie haben dir all dein Zuckerwerk aufgefressen.«
Wirklich war es so. Den gefüllten Marzipan hatte der gefräßige Mausekönig nicht nach seinem Geschmack gefunden, aber mit scharfen Zähnen benagt, so daß er weggeworfen werden mußte. Marie machte sich gar nichts mehr aus dem Zuckerwerk, sondern war vielmehr im Innersten erfreut, da sie ihren Nußknacker gerettet glaubte. Doch wie ward ihr, als in der folgenden Nacht es dicht an ihren Ohren piff und quiekte. Ach, der Mausekönig war wieder da, und noch abscheulicher wie in der vorigen Nacht funkelten seine Augen, und noch widriger pfiff er zwischen den Zähnen.
»Mußt mir deine Zucker-, deine Dragantpuppen geben, klein Ding, sonst zerbeiß ich deinen Nußknacker, deinen Nußknacker«, und damit sprang der grauliche Mausekönig wieder fort!
Marie war sehr betrübt, sie ging den andern Morgen an den Schrank und sah mit den wehmütigsten Blicken ihre Zucker- und Dragantpüppchen an. Aber ihr Schmerz war auch gerecht, denn nicht glauben magst du's, meine aufmerksame Zuhörerin Marie, was für ganz allerliebste Figürchen, aus Zucker oder Dragant geformt, die kleine Marie Stahlbaum besaß. Nächstdem, daß ein sehr hübscher Schäfer mit seiner Schäferin eine ganze Herde milchweißer Schäflein weidete und dabei sein muntres Hündchen herumsprang, so traten auch zwei Briefträger mit Briefen in der Hand einher, und vier sehr hübsche Paare, sauber gekleidete Jünglinge mit überaus herrlich geputzten Mädchen, schaukelten sich in einer russischen Schaukel. Hinter einigen Tänzern stand noch der Pachter Feldkümmel mit der Jungfrau von Orleans, aus denen sich Marie nicht viel machte, aber ganz im Winkelchen stand ein rotbäckiges Kindlein, Mariens Liebling. Die Tränen stürzten der kleinen Marie aus den Augen. »Ach«, rief sie, sich zu dem Nußknacker wendend, »lieber Herr Droßelmeier, was will ich nicht alles tun, um Sie zu retten; aber es ist doch sehr hart!«
Nußknacker sah indessen so weinerlich aus, daß Marie, da es überdem ihr war, als sähe sie Mausekönigs sieben Rachen geöffnet, den unglücklichen Jüngling zu verschlingen, alles aufzuopfern beschloß.

Alle Zuckerpüppchen setzte sie daher abends, wie zuvor das Zuckerwerk, an die Leiste des Schranks. Sie küßte den Schäfer, die Schäferin, die Lämmerchen und holte auch zuletzt ihren Liebling, das kleine rotbäckige Kindlein von Dragant, aus dem Winkel, welches sie jedoch ganz hinterwärts stellte. Pachter Feldkümmel und die Jungfrau von Orleans mußten in die erste Reihe.

»Nein, das ist zu arg«, rief die Medizinalrätin am andern Morgen. »Es muß durchaus eine große garstige Maus in dem Glasschrank hausen, denn alle schöne Zuckerpüppchen der armen Marie sind zernagt und zerbissen.«

Marie konnte sich zwar der Tränen nicht enthalten, sie lächelte aber doch bald wieder, denn sie dachte: Was tut's, ist doch Nußknacker gerettet.

Der Medizinalrat sagte am Abend, als die Mutter dem Obergerichtsrat von dem Unfug erzählte, den eine Maus im Glasschrank der Kinder treibe: »Es ist doch aber abscheulich, daß wir die fatale Maus nicht vertilgen können, die im Glasschrank so ihr Wesen treibt und der armen Marie alles Zuckerwerk wegfrißt.«

»Ei«, fiel Fritz ganz lustig ein, »der Bäcker unten hat einen ganz vortrefflichen grauen Legationsrat, den will ich heraufholen. Er wird dem Dinge bald ein Ende machen und der Maus den Kopf abbeißen, ist sie auch die Frau Mauserinks selbst oder ihr Sohn, der Mausekönig.«

»Und«, fuhr die Medizinalrätin lachend fort, »auf Stühlen und Tischen herumspringen und Gläser und Tassen herabwerfen und tausend andern Schaden anrichten.«

»Ach nein doch«, erwiderte Fritz, »Bäckers Legationsrat ist ein geschickter Mann, ich möchte nur so zierlich auf dem spitzen Dach gehen können wie er.«

»Nur keinen Kater zur Nachtzeit«, bat Luise, die keine Katzen leiden konnte.

»Eigentlich«, sprach der Medizinalrat, »eigentlich hat Fritz recht, indessen können wir ja auch eine Falle aufstellen; haben wir denn keine?«

»Die kann uns Pate Droßelmeier am besten machen, der hat sie ja erfunden«, rief Fritz. Alle lachten, und auf die Versicherung der Medizinalrätin, daß keine Falle im Hause sei, verkündete der Obergerichtsrat, daß er mehrere dergleichen besitze, und ließ wirklich zur Stunde eine ganz vortreffliche Mausefalle von Hause herbeiholen.

Dem Fritz und der Marie ging nun des Paten Märchen von der harten Nuß ganz lebendig auf.

Als die Köchin den Speck röstete, zitterte und bebte Marie und sprach, ganz erfüllt von dem Märchen und den Wunderdingen darin, zur wohlbekannten Dore: »Ach, Frau Königin, hüten Sie sich doch nur vor der Frau Mauserinks und ihrer Familie.«
Fritz hatte aber seinen Säbel gezogen und sprach: »Ja, die sollten nur kommen, denen wollt ich eins auswischen.«
Es blieb aber alles unter und auf dem Herde ruhig. Als nun der Obergerichtsrat den Speck an ein feines Fädchen band und leise, leise die Falle an den Glasschrank setzte, da rief Fritz: »Nimm dich in acht, Pate Uhrmacher, daß dir Mausekönig keinen Possen spielt.«
Ach, wie ging es der armen Marie in der folgenden Nacht! Eiskalt tupfte es auf ihrem Arm hin und her, und rauh und ekelhaft legte es sich an ihre Wange und piepte und quiekte ihr ins Ohr.
Der abscheuliche Mausekönig saß auf ihrer Schulter, und blutrot geiferte er aus den sieben geöffneten Rachen, und mit den Zähnen knatternd und knirschend, zischte er der vor Grauen und Schreck erstarrten Marie ins Ohr:

»Zisch aus – zisch aus,
geh nicht ins Haus –
geh nicht zum Schmaus –
werd nicht gefangen –
zisch aus –
gib heraus, gib heraus
deine Bilderbücher all,
dein Kleidchen dazu,
sonst hast keine Ruh –
magst's nur wissen,
Nußknackerlein wirst sonst missen,
der wird zerbissen –
hi hi – pi pi –
quiek quiek!«

Nun war Marie voll Jammer und Betrübnis – sie sah ganz blaß und verstört aus, als die Mutter am andern Morgen sagte: »Die böse Maus hat sich noch nicht gefangen«, so daß die Mutter in dem Glauben, daß Marie um ihr Zuckerwerk traure und sich überdem vor der Maus fürchte, hinzufügte: »Aber sei nur ruhig, liebes Kind, die böse Maus wollen wir schon vertreiben. Helfen die Fallen nichts, so soll Fritz seinen grauen Legationsrat herbeibringen.«

Kaum befand sich Marie im Wohnzimmer allein, als sie vor den Glasschrank trat und schluchzend also zum Nußknacker sprach: »Ach mein lieber guter Herr Droßelmeier, was kann ich armes unglückliches Mädchen für Sie tun? – Gäb ich nun auch alle meine Bilderbücher, ja selbst mein schönes neues Kleidchen, das mir der Heilige Christ einbeschert hat, dem abscheulichen Mausekönig zum Zerbeißen her, wird er denn nicht doch noch immer mehr verlangen, so daß ich zuletzt nichts mehr haben werde und er gar mich selbst statt Ihrer zerbeißen wollen wird? O ich armes Kind, was soll ich denn nun tun – was soll ich denn nun tun?«

Als die kleine Marie so jammerte und klagte, bemerkte sie, daß dem Nußknakker von jener Nacht her ein großer Blutfleck am Halse sitzen geblieben war. Seit der Zeit, daß Marie wußte, wie ihr Nußknacker eigentlich der junge Droßelmeier, des Obergerichtsrats Neffe, sei, trug sie ihn nicht mehr auf dem Arm und herzte und küßte ihn nicht mehr, ja, sie mochte ihn aus einer gewissen Scheu gar nicht einmal viel anrühren; jetzt nahm sie ihn aber sehr behutsam aus dem Fache und fing an, den Blutfleck am Halse mit ihrem Schnupftuch abzureiben. Aber wie ward ihr, als sie plötzlich fühlte, daß Nußknackerlein in ihrer Hand erwarmte und sich zu regen begann.

Schnell setzte sie ihn wieder ins Fach, da wackelte das Mündchen hin und her, und mühsam lispelte Nußknackerlein: »Ach, werteste Demoiselle Stahlbaum – vortreffliche Freundin, was verdanke ich Ihnen alles. – Nein, kein Bilderbuch, kein Christkleidchen sollen Sie für mich opfern – schaffen Sie nur ein Schwert – ein Schwert, für das übrige will ich sorgen, mag er –« Hier ging dem Nußknacker die Sprache aus, und seine erst zum Ausdruck der innigsten Wehmut beseelten Augen wurden wieder starr und leblos.

Marie empfand gar kein Grauen, vielmehr hüpfte sie vor Freuden, da sie nun ein Mittel wußte, den Nußknacker ohne weitere schmerzhafte Aufopferungen zu retten.

Aber wo nun ein Schwert für den Kleinen hernehmen? Marie beschloß, Fritzen zu Rate zu ziehen, und erzählte ihm abends, als sie, da die Eltern ausgegangen, einsam in der Wohnstube am Glasschrank saßen, alles, was ihr mit dem Nußknacker und dem Mausekönig widerfahren, und worauf es nun ankomme, den Nußknacker zu retten.

Über nichts wurde Fritz nachdenklicher als darüber, daß sich, nach Mariens Bericht, seine Husaren in der Schlacht so schlecht benommen haben sollten. Er frug noch einmal sehr ernst, ob es sich wirklich so verhalte, und nachdem es Marie auf ihr Wort versichert, so ging Fritz schnell nach dem Glasschrank, hielt seinen Husaren eine pathetische Rede und schnitt dann, zur Strafe ihrer Selbstsucht und Feigheit, einem nach dem andern das Feldzeichen von der Mütze und untersagte ihnen auch, binnen einem Jahr den Gardehusarenmarsch zu blasen.

Nachdem er sein Strafamt vollendet, wandte er sich wieder zu Marien, sprechend: »Was den Säbel betrifft, so kann ich dem Nußknacker helfen, da ich einen alten Obristen von den Kürassiers gestern mit Pension in Ruhestand versetzt habe, der folglich seinen schönen scharfen Säbel nicht mehr braucht.«

Besagter Obrister verzehrte die ihm von Fritzen angewiesene Pension in der hintersten Ecke des dritten Faches. Dort wurde er hervorgeholt, ihm der in der Tat schmucke silberne Säbel abgenommen und dem Nußknacker umgehängt.

Vor bangem Grauen konnte Marie in der folgenden Nacht nicht einschlafen, es war ihr um Mitternacht so, als höre sie im Wohnzimmer ein seltsames Rumoren, Klirren und Rauschen.

Mit einemmal ging es: »Quiek!«

»Der Mausekönig! Der Mausekönig!« rief Marie und sprang voll Entsetzen aus dem Bette.

Alles blieb still; aber bald klopfte es leise, leise an die Türe, und ein feines Stimmchen ließ sich vernehmen: »Allerbeste Demoiselle Stahlbaum, machen Sie nur getrost auf – gute fröhliche Botschaft!«

Marie erkannte die Stimme des jungen Droßelmeier, warf ihr Röckchen über und öffnete flugs die Türe.

Nußknackerlein stand draußen, das blutige Schwert in der rechten, ein Wachslichtchen in der linken Hand. Sowie er Marien erblickte, ließ er sich auf ein Knie nieder und sprach also: »Ihr, o Dame, seid es allein, die mich mit Rittermut stählte und meinem Arme Kraft gab, den Übermütigen zu bekämp-

fen, der es wagte, Euch zu höhnen. Überwunden liegt der verräterische Mausekönig und wälzt sich in seinem Blute! Wollet, o Dame, die Zeichen des Sieges aus der Hand Eures Euch bis in den Tod ergebenen Ritters anzunehmen nicht verschmähen!«

Damit streifte Nußknackerchen die sieben goldenen Kronen des Mausekönigs, die er auf den linken Arm heraufgestreift hatte, sehr geschickt herunter und überreichte sie Marien, welche sie voller Freude annahm.

Nußknacker stand auf und fuhr also fort: »Ach, meine allerbeste Demoiselle Stahlbaum, was könnte ich in diesem Augenblicke, da ich meinen Feind überwunden, Sie für herrliche Dinge schauen lassen, wenn Sie die Gewogenheit hätten, mir nur ein paar Schrittchen zu folgen! Oh, tun Sie es – tun Sie es, beste Demoiselle!«

Das Puppenreich

Ich glaube, keins von euch, ihr Kinder, hätte auch nur einen Augenblick angestanden, dem ehrlichen gutmütigen Nußknacker, der nie Böses im Sinn haben konnte, zu folgen. Marie tat dies um so mehr, da sie wohl wußte, wie sehr sie auf Nußknackers Dankbarkeit Anspruch machen könne, und überzeugt war, daß er Wort halten und viel Herrliches ihr zeigen werde. Sie sprach daher: »Ich gehe mit Ihnen, Herr Droßelmeier, doch muß es nicht weit sein und nicht lange dauern, da ich ja noch gar nicht ausgeschlafen habe.«
»Ich wähle deshalb«, erwiderte Nußknacker, »den nächsten, wiewohl etwas beschwerlichen Weg.« Er schritt voran, Marie ihm nach, bis er vor dem alten mächtigen Kleiderschrank auf dem Hausflur stehenblieb. Marie wurde zu ihrem Erstaunen gewahr, daß die Türen dieses sonst wohl verschlossenen Schranks offen standen, so daß sie deutlich des Vaters Reisefuchspelz erblickte, der ganz vorne hing.
Nußknacker kletterte sehr geschickt an den Leisten und Verzierungen herauf, daß er die große Troddel, die an einer dicken Schnur befestigt auf dem Rückteile jenes Pelzes hing, erfassen konnte. Sowie Nußknacker diese Troddel stark anzog, ließ sich schnell eine sehr zierliche Treppe von Zedernholz durch den Pelzärmel herab.

»Steigen Sie nur gefälligst aufwärts, teuerste Demoiselle«, rief Nußknacker.
Marie tat es, aber kaum war sie durch den Ärmel gestiegen, kaum sah sie zum Kragen heraus, als ein blendendes Licht ihr entgegenstrahlte und sie mit einemmal auf einer herrlich duftenden Wiese stand, von der Millionen Funken wie blinkende Edelsteine emporstrahlten.
»Wir befinden uns auf der Kandiswiese«, sprach Nußknacker, »wollen aber alsbald jenes Tor passieren.«
Nun wurde Marie, indem sie aufblickte, erst das schöne Tor gewahr, welches sich nur wenige Schritte vorwärts auf der Wiese erhob. Es schien ganz von weiß, braun und rosinfarben gesprenkeltem Marmor erbaut zu sein, aber als Marie näher kam, sah sie wohl, daß die ganze Masse aus zusammengebackenen Zuckermandeln und Rosinen bestand, weshalb denn auch, wie Nußknakker versicherte, das Tor, durch welches sie nun durchgingen, das Mandeln- und Rosinentor hieß. Gemeine Leute hießen es sehr unziemlich die Studentenfutterpforte. Auf einer herausgebauten Galerie dieses Tores, augenscheinlich aus Gerstenzucker, machten sechs in rote Wämserchen gekleidete Äffchen die allerschönste Janitscharenmusik, die man hören konnte, so daß Marie kaum bemerkte, wie sie immer weiter, weiter auf bunten Marmorfliesen, die aber nichts anders waren als Zuckerwerk, fortschritt.
Bald umwehten sie die süßesten Gerüche, die aus einem wunderbaren Wäldchen strömten, das sich von beiden Seiten auftat. In dem dunkeln Laube glänzte und funkelte es so hell hervor, daß man deutlich sehen konnte, wie goldene und silberne Früchte an buntgefärbten Stengeln herabhingen und Stamm und Äste sich mit Bändern und Blumensträußen geschmückt hatten, gleich fröhlichen Brautleuten und lustigen Hochzeitsgästen. Und wenn die Orangendüfte sich wie wallende Zephire rührten, da sauste es in den Zweigen und Blättern, und das Rauschgold knitterte und knatterte, daß es klang wie jubelnde Musik, nach der die funkelnden Lichterchen hüpfen und tanzen müßten. »Ach, wie schön ist es hier«, rief Marie ganz selig und entzückt.
»Wir sind im Weihnachtswalde, beste Demoiselle«, sprach Nußknackerlein.
»Ach«, fuhr Marie fort, »dürft ich hier nur etwas verweilen, oh, es ist ja hier gar zu schön.«
Nußknacker klatschte in die kleinen Händchen, und sogleich kamen einige kleine Schäfer und Schäferinnen, Jäger und Jägerinnen herbei, die so zart und weiß waren, daß man hätte glauben sollen, sie wären von purem Zucker, und

die Marie, unerachtet sie im Walde umherspazierten, noch nicht bemerkt hatte. Sie brachten einen allerliebsten, ganz goldenen Lehnsessel herbei, legten ein weißes Kissen darauf und luden Marien sehr höflich ein, sich darauf niederzulassen. Kaum hatte sie es getan, als Schäfer und Schäferinnen ein sehr artiges Ballett tanzten, wozu die Jäger ganz manierlich bliesen, dann verschwanden sie aber alle in dem Gebüsche.

»Verzeihen Sie«, sprach Nußknacker, »verzeihen Sie, werteste Demoiselle Stahlbaum, daß der Tanz so miserabel ausfiel, aber die Leute waren alle von unserm Drahtballett, die können nichts anders machen als immer und ewig dasselbe; und daß die Jäger so schläfrig und flau dazu bliesen, das hat auch seine Ursachen. Der Zuckerkorb hängt zwar über ihrer Nase in den Weihnachtsbäumen, aber etwas hoch! Doch wollen wir nicht was weniges weiter spazieren?«

»Ach, es war doch alles recht hübsch, und mir hat es sehr wohl gefallen!« So sprach Marie, indem sie aufstand und dem voranschreitenden Nußknacker folgte. Sie gingen entlang eines süß rauschenden, flüsternden Baches, aus dem nun eben all die herrlichen Wohlgerüche zu duften schienen, die den ganzen Wald erfüllten.

»Es ist der Orangenbach«, sprach Nußknacker auf Befragen, »doch, seinen schönen Duft ausgenommen, gleicht er nicht an Größe und Schönheit dem Limonadenstrom, der sich gleich ihm in den Mandelmilchsee ergießt.«

In der Tat vernahm Marie bald ein stärkeres Plätschern und Rauschen und erblickte den breiten Limonadenstrom, der sich in stolzen isabellfarbenen Wellen zwischen gleich grün blühenden Karfunkeln leuchtendem Gesträuch fortkräuselte. Eine ausnehmend frische, Brust und Herz stärkende Kühlung wogte aus dem herrlichen Wasser. Nicht weit davon schleppte sich mühsam ein dunkelgelbes Wasser fort, das aber ungemein süße Düfte verbreitete und an dessen Ufer allerlei sehr hübsche Kinderchen saßen, welche kleine dicke Fische angelten und sie alsbald verzehrten. Näher gekommen, bemerkte Marie, daß diese Fische aussahen wie Lampertsnüsse. In einiger Entfernung lag ein sehr nettes Dörfchen an diesem Strome, Häuser, Kirche, Pfarrhaus, Scheuern, alles war dunkelbraun, jedoch mit goldenen Dächern geschmückt, auch waren viele Mauern so bunt gemalt, als seien Zitronat und Mandelkerne darauf geklebt.

»Das ist Pfefferkuchheim«, sagte Nußknacker, »welches am Honigstrome liegt, es wohnen ganz hübsche Leute darin, aber sie sind meistens verdrießlich, weil sie sehr an Zahnschmerzen leiden, wir wollen daher nicht erst hineingehen.«

In dem Augenblick bemerkte Marie ein Städtchen, das aus lauter bunten durchsichtigen Häusern bestand und sehr hübsch anzusehen war. Nußknacker ging geradezu darauf los, und nun hörte Marie ein tolles lustiges Getöse und sah, wie tausend niedliche kleine Leutchen viele hochbepackte Wagen, die auf dem Markte hielten, untersuchten und abzupacken im Begriff standen. Was sie aber hervorbrachten, war anzusehen wie buntes gefärbtes Papier und wie Schokoladetafeln.

»Wir sind in Bonbonshausen«, sagte Nußknacker, »eben ist eine Sendung aus dem Papierlande und vom Schokoladenkönige angekommen. Die armen Bonbonshäuser wurden neulich von der Armee des Mückenadmirals hart bedroht, deshalb überziehen sie ihre Häuser mit den Gaben des Papierlandes und führen Schanzen auf von den tüchtigen Werkstücken, die ihnen der Schokola-

denkönig sandte. Aber, beste Demoiselle Stahlbaum, nicht alle kleinen Städte und Dörfer dieses Landes wollen wir besuchen – zur Hauptstadt – zur Hauptstadt!«

Rasch eilte Nußknacker vorwärts, und Marie voller Neugierde ihm nach.

Nicht lange dauerte es, so stieg ein herrlicher Rosenduft auf, und alles war wie von einem sanften hinhauchenden Rosenschimmer umflossen. Marie bemerkte, daß dies der Widerschein eines rosenrot glänzenden Wassers war, das in kleinen rosasilbernen Wellchen vor ihnen her wie in wunderlieblichen Tönen und Melodien plätscherte und rauschte. Auf diesem anmutigen Gewässer, das sich immer mehr und mehr wie ein großer See ausbreitete, schwammen sehr herrliche silberweiße Schwäne mit goldnen Halsbändern und sangen miteinander um die Wette die hübschesten Lieder, wozu diamantne Fischlein aus den Rosenfluten auf- und niedertauchten wie im lustigen Tanze.

»Ach«, rief Marie ganz begeistert aus, »ach, das ist der See, wie ihn Pate Droßelmeier mir einst machen wollte, wirklich, und ich selbst bin das Mädchen, das mit den lieben Schwänchen kosen wird.«

Nußknackerlein lächelte so spöttisch, wie es Marie noch niemals an ihm bemerkt hatte, und sprach dann: »So etwas kann denn doch wohl der Onkel niemals zustande bringen; Sie selbst viel eher, liebe Demoiselle Stahlbaum, doch lassen Sie uns darüber nicht grübeln, sondern vielmehr über den Rosensee hinüber nach der Hauptstadt schiffen.«

Die Hauptstadt

Nussknackerlein klatschte abermals in die kleinen Händchen, da fing der Rosensee an, stärker zu rauschen, die Wellen plätscherten höher auf, und Marie nahm wahr, wie aus der Ferne ein aus lauter bunten, sonnenhell funkelnden Edelsteinen geformter Muschelwagen, von zwei goldschuppigen Delphinen gezogen, sich nahte.
Zwölf kleine allerliebste Mohren mit Mützchen und Schürzchen, aus glänzenden Kolibrifedern gewebt, sprangen ans Ufer und trugen erst Marien, dann Nußknackern, sanft über die Wellen gleitend, in den Wagen, der sich alsbald durch den See fortbewegte.
Ei, wie war das so schön, als Marie im Muschelwagen, von Rosenduft umhaucht, von Rosenwellen umflossen, dahinfuhr. Die beiden goldschuppigen Delphine erhoben ihre Nüstern und spritzten kristallene Strahlen hoch in die Höhe, und wie die in flimmernden und funkelnden Bogen niederfielen, da war es, als sängen zwei holde feine Silberstimmchen:

»Wer schwimmt auf rosigem See?
Die Fee!
Mücklein, bim bim!

Fischlein, sim sim!
Schwäne! Schwa schwa!
Goldvogel! trarah!
Wellenströme, rührt euch,
klinget, singet, wehet, spähet:
Feelein, Feelein, kommt gezogen;

Rosenwogen,
wühlet, kühlet, spület,
spült hinan,
hinan!«

Aber die zwölf kleinen Mohren, die hinten auf den Muschelwagen aufgesprungen waren, schienen das Gesinge der Wasserstrahlen ordentlich übelzunehmen, denn sie schüttelten ihre Sonnenschirme so sehr, daß die Dattelblätter, aus denen sie geformt waren, durcheinander knitterten und knatterten, und dabei stampften sie mit den Füßen einen ganz seltsamen Takt und sangen:

»Klapp und klipp und klipp und klapp,
auf und ab –
Mohrenreigen
darf nicht schweigen;
rührt euch, Fische – rührt euch, Schwäne,
dröhne, Muschelwagen, dröhne,
klapp und klipp und klipp und klapp
und auf und ab!«

»Mohren sind gar lustige Leute«, sprach Nußknacker etwas betreten, »aber sie werden mir den ganzen See rebellisch machen.«
In der Tat ging auch bald ein sinnverwirrendes Getöse wunderbarer Stimmen los, die in See und Luft zu schwimmen schienen, doch Marie achtete dessen nicht, sondern sah in die duftenden Rosenwellen, aus deren jeder ihr ein holdes anmutiges Mädchenantlitz entgegenlächelte.
»Ach«, rief sie freudig, indem sie die kleinen Händchen zusammenschlug, »ach, schauen Sie nur, lieber Herr Droßelmeier! Da unten ist die Prinzessin Pirlipat, die lächelt mich an so wunderhold. Ach, schauen Sie doch nur, lieber Herr Droßelmeier!«
Nußknacker seufzte aber fast kläglich und sagte: »O beste Demoiselle Stahlbaum, das ist nicht die Prinzessin Pirlipat, das sind Sie und immer nur Sie selbst, immer nur Ihr eignes holdes Antlitz, das so lieb aus jeder Rosenwelle lächelt.«
Da fuhr Marie schnell mit dem Kopf zurück, schloß die Augen fest zu und

schämte sich sehr. In demselben Augenblick wurde sie auch von den zwölf Mohren aus dem Muschelwagen gehoben und an das Land getragen.
Sie befand sich in einem kleinen Gebüsch, das beinahe noch schöner war als der Weihnachtswald, so glänzte und funkelte alles darin, vorzüglich waren aber die seltsamen Früchte zu bewundern, die an allen Bäumen hingen und nicht allein seltsam gefärbt waren, sondern auch ganz wunderbar dufteten. »Wir sind im Konfitürenhain«, sprach Nußknacker, »aber dort ist die Hauptstadt.«
Was erblickte Marie nun! Wie werd ich es denn anfangen, euch, ihr Kinder, die Schönheit und Herrlichkeit der Stadt zu beschreiben, die sich jetzt breit über einen reichen Blumenanger hin vor Mariens Augen auftat. Nicht allein, daß Mauern und Türme in den herrlichsten Farben prangten, so war auch wohl, was die Form der Gebäude anlangt, gar nichts Ähnliches auf Erden zu finden. Denn statt der Dächer hatten die Häuser zierlich geflochtene Kronen aufgesetzt und die Türme sich mit dem zierlichsten buntesten Laubwerk gekränzt, das man nur sehen kann. Als sie durch das Tor, welches so aussah, als sei es von lauter Makronen und überzuckerten Früchten erbaut, gingen, präsentierten silberne Soldaten das Gewehr, und ein Männlein in einem brokatnen Schlafrock warf sich dem Nußknacker an den Hals mit den Worten: »Willkommen, bester Prinz, willkommen in Konfektburg!«

Marie wunderte sich nicht wenig, als sie merkte, daß der junge Droßelmeier von einem sehr vornehmen Mann als Prinz anerkannt wurde. Nun hörte sie aber so viel feine Stimmchen durcheinandertoben, solch ein Gejuchze und Gelächter, solch ein Spielen und Singen, daß sie an nichts anders denken konnte, sondern nur gleich Nußknackerchen fragte, was denn das zu bedeuten habe.

»O beste Demoiselle Stahlbaum«, erwiderte Nußknacker, »das ist nichts Besonderes, Konfektburg ist eine volkreiche lustige Stadt, da geht's alle Tage so her, kommen Sie aber nur gefälligst weiter.«

Kaum waren sie einige Schritte gegangen, als sie auf den großen Marktplatz kamen, der den herrlichsten Anblick gewährte. Alle Häuser ringsumher waren von durchbrochener Zuckerarbeit, Galerie über Galerie getürmt, in der Mitte stand ein hoher überzuckerter Baumkuchen als Obelisk, und um ihn her spritzten vier sehr künstliche Fontänen Mandelmilch, Limonade und andere herrliche süße Getränke in die Lüfte; und in dem Becken sammelte sich lauter Creme, den man gleich hätte auslöffeln mögen.

Aber hübscher als alles das waren die allerliebsten kleinen Leutchen, die sich zu Tausenden Kopf an Kopf durcheinanderdrängten und juchzten und lachten und scherzten und sangen, kurz, jenes lustige Getöse erhoben, das Marie schon

in der Ferne gehört hatte. Da gab es schön gekleidete Herren und Damen, Armenier und Griechen, Juden und Tiroler, Offiziere und Soldaten und Prediger und Schäfer und Hanswürste, kurz, alle nur mögliche Leute, wie sie in der Welt zu finden sind. An der einen Ecke wurde größer der Tumult, das Volk strömte auseinander, denn eben ließ sich der Großmogul auf einem Tragsessel vorübertragen, begleitet von dreiundneunzig Großen des Reichs und siebenhundert Sklaven. Es begab sich aber, daß an der andern Ecke die Fischerzunft, an fünfhundert Köpfe stark, ihren Festzug hielt, und übel war es auch, daß der türkische Großherr gerade den Einfall hatte, mit dreitausend Janitscharen über den Markt spazierenzureiten, wozu noch der große Zug aus dem »unterbrochenen Opferfeste« kam, der mit klingendem Spiel und dem Gesange: »Auf, danket der mächtigen Sonne« gerade auf den Baumkuchen zuwallte. Das war ein Drängen und Stoßen und Treiben und Gequieke!

Bald gab es auch viel Jammergeschrei, denn ein Fischer hatte im Gedränge einem Brahmin den Kopf abgestoßen, und der Großmogul wäre beinahe von einem Hanswurst überrannt worden. Toller und toller wurde der Lärm, und man fing bereits an, sich zu stoßen und zu prügeln, als der Mann im brokatnen Schlafrock, der am Tor den Nußknacker als Prinz begrüßt hatte, auf den Baumkuchen kletterte und, nachdem eine sehr hell klingende Glocke dreimal angezogen worden, dreimal laut rief: »Konditor! Konditor! Konditor!«

Sogleich legte sich der Tumult, ein jeder suchte sich zu behelfen, wie er konnte, und nachdem die verwickelten Züge sich entwickelt hatten, der besudelte Großmogul abgebürstet und dem Brahmin der Kopf wieder aufgesetzt worden, ging das vorige lustige Getöse aufs neue los.

«Was bedeutet das mit dem Konditor, guter Herr Droßelmeier«, fragte Marie.

»Ach, beste Demoiselle Stahlbaum«, erwiderte Nußknacker, »Konditor wird hier eine unbekannte, aber sehr grauliche Macht genannt, von der man glaubt, daß sie aus dem Menschen machen könne, was sie wolle; es ist das Verhängnis, welches über dies kleine lustige Volk regiert, und sie fürchten dieses so sehr, daß durch die bloße Nennung des Namens der größte Tumult gestillt werden kann, wie es eben der Herr Bürgermeister bewiesen hat. Ein jeder denkt dann nicht mehr an Irdisches, an Rippenstöße und Kopfbeulen, sondern geht in sich und spricht: Was ist der Mensch, und was kann aus ihm werden?«

Eines lauten Rufs der Bewunderung, ja des höchsten Erstaunens konnte sich

Marie nicht enthalten, als sie jetzt mit einemmal vor einem in rosenrotem Schimmer hell leuchtenden Schlosse mit hundert luftigen Türmen stand. Nur hin und wieder waren reiche Bouquets von Veilchen, Narzissen, Tulpen, Levkojen auf die Mauern gestreut, deren dunkelbrennende Farben nur die blendende, ins Rosa spielende Weiße des Grundes erhöhten. Die große Kuppel des Mittelgebäudes sowie die pyramidenförmigen Dächer der Türme waren mit tausend golden und silbern funkelnden Sternlein besäet.

»Nun sind wir vor dem Marzipanschloß«, sprach Nußknacker.

Marie war ganz verloren in dem Anblick des Zauberpalastes, doch entging es ihr nicht, daß das Dach eines großen Turmes gänzlich fehlte, welches kleine Männerchen, die auf einem von Zimtstangen erbauten Gerüste standen, wiederherstellen zu wollen schienen.

Noch ehe sie den Nußknacker darum befragte, fuhr dieser fort: »Vor kurzer Zeit drohte diesem schönen Schloß arge Verwüstung, wo nicht gänzlicher Untergang. Der Riese Leckermaul kam des Weges gegangen, biß schnell das

Dach jenes Turmes herunter und nagte schon an der großen Kuppel, die Konfektbürger brachten ihm aber ein ganzes Stadtviertel sowie einen ansehnlichen Teil des Konfitürenhains als Tribut, womit er sich abspeisen ließ und weiterging.«
In dem Augenblick ließ sich eine sehr angenehme sanfte Musik hören, die Tore des Schlosses öffneten sich, und es traten zwölf kleine Pagen heraus mit angezündeten Gewürznelkstengeln, die sie wie Fackeln in den kleinen Händchen trugen. Ihre Köpfe bestanden aus einer Perle, die Leiber aus Rubinen und Smaragden, und dazu gingen sie auf sehr schön aus purem Gold gearbeiteten Füßchen einher. Ihnen folgten vier Damen, beinahe so groß als Mariens Klärchen, aber so über die Maßen herrlich und glänzend geputzt, daß Marie nicht einen Augenblick in ihnen die gebornen Prinzessinnen verkannte.
Sie umarmten den Nußknacker auf das zärtlichste und riefen dabei wehmütig freudig: »O mein Prinz – mein bester Prinz – o mein Bruder!«
Nußknacker schien sehr gerührt, er wischte sich die sehr häufigen Tränen aus den Augen, ergriff dann Marien bei der Hand und sprach pathetisch: »Dies ist

die Demoiselle Marie Stahlbaum, die Tochter eines sehr achtungswerten Medizinalrates und die Retterin meines Lebens! Warf sie nicht den Pantoffel zur rechten Zeit, verschaffte sie mir nicht den Säbel des pensionierten Obristen, so läg ich, zerbissen von dem fluchwürdigen Mausekönig, im Grabe. – Oh! Dieser Demoiselle Stahlbaum – gleicht ihr wohl Pirlipat, obschon sie eine geborne Prinzessin ist, an Schönheit, Güte und Tugend? Nein, sag ich, nein!«

Alle Damen riefen: »Nein!« und fielen der Marie um den Hals und riefen schluchzend: »O Sie edle Retterin des geliebten prinzlichen Bruders – vortreffliche Demoiselle Stahlbaum!«

Nun geleiteten die Damen Marien und den Nußknacker in das Innere des Schlosses, und zwar in einen Saal, dessen Wände aus lauter farbig funkelnden Kristallen bestanden. Was aber vor allem übrigen der Marie so wohlgefiel, waren die allerliebsten kleinen Stühle, Tische, Kommoden, Sekretärs, die ringsherum standen und die alle von Zedern- oder Brasilienholz mit daraufgestreuten goldnen Blumen verfertigt waren.

Die Prinzessinnen nötigten Marien und den Nußknacker zum Sitzen und sagten, daß sie sogleich selbst ein Mahl bereiten wollten. Nun holten sie eine Menge kleiner Töpfchen und Schüsselchen von dem feinsten japanischen Porzellan, Löffel, Messer und Gabeln, Reibeisen, Kasserollen und andere Küchenbedürfnisse von Gold und Silber herbei. Dann brachten sie die schönsten Früchte und Zuckerwerk, wie es Marie noch niemals gesehen hatte, und fingen an, auf das zierlichste mit den kleinen schneeweißen Händchen die Früchte auszupressen, das Gewürz zu stoßen, die Zuckermandeln zu reiben, kurz, so zu wirtschaften, daß Marie wohl einsehen konnte, wie gut sich die Prinzessinnen auf das Küchenwesen verstanden und was das für ein köstliches Mahl geben würde. Im lebhaften Gefühl, sich auf dergleichen Dinge ebenfalls recht gut zu verstehen, wünschte sie heimlich, bei dem Geschäft der Prinzessinnen selbst tätig sein zu können.

Die schönste von Nußknackers Schwestern, als ob sie Mariens geheimen Wunsch erraten hätte, reichte ihr einen kleinen goldnen Mörser mit den Worten hin: »O süße Freundin, teure Retterin meines Bruders, stoße eine Wenigkeit von diesem Zuckerkandel!«

Als Marie nun so wohlgemut in den Mörser stieß, daß er gar anmutig und lieblich, wie ein hübsches Liedlein, ertönte, fing Nußknacker an, sehr weitläufig zu erzählen, wie es bei der grausenvollen Schlacht zwischen seinem und des Mausekönigs Heer ergangen, wie er der Feigheit seiner Truppen halber geschlagen worden, wie dann der abscheuliche Mausekönig ihn durchaus zerbeißen wollen und Marie deshalb mehrere seiner Untertanen, die in ihre Dienste gegangen, aufopfern müssen …

Marien war es bei dieser Erzählung, als klängen seine Worte, ja selbst ihre Mörserstöße immer ferner und unvernehmlicher, bald sah sie silberne Flöre wie dünne Nebelwolken aufsteigen, in denen die Prinzessinnen, die Pagen, der Nußknacker, ja sie selbst schwammen – ein seltsames Singen und Schwirren und Summen ließ sich vernehmen, das wie in die Weite hin verrauschte; nun hob sich Marie wie auf steigenden Wellen immer höher und höher – höher und höher – höher und höher –

Beschluß

Prr – puff ging es! Marie fiel herab aus unermeßlicher Höhe. *Das* war ein Ruck! Aber gleich schlug sie auch die Augen auf, da lag sie in ihrem Bettchen, es war heller Tag, und die Mutter stand vor ihr, sprechend: »Aber wie kann man auch so lange schlafen, längst ist das Frühstück da!«

Du merkst es wohl, versammeltes, höchst geehrtes Publikum, daß Marie, ganz betäubt von all den Wunderdingen, die sie gesehen, endlich im Saal des Marzipanschlosses eingeschlafen war, und daß die Mohren oder die Pagen oder gar die Prinzessinnen selbst sie zu Hause getragen und ins Bett gelegt hatten.

»O Mutter, liebe Mutter, wo hat mich der junge Herr Droßelmeier diese Nacht überall hingeführt, was habe ich alles Schönes gesehen!«

Nun erzählte sie alles beinahe so genau, wie ich es soeben erzählt habe, und die Mutter sah sie ganz verwundert an.

Als Marie geendet, sagte die Mutter: »Du hast einen langen, sehr schönen Traum gehabt, liebe Marie, aber schlag dir das alles nur aus dem Sinn.«

Marie bestand hartnäckig darauf, daß sie nicht geträumt, sondern alles wirklich gesehen habe, da führte die Mutter sie an den Glasschrank, nahm den Nußknacker, der, wie gewöhnlich, im dritten Fache stand, heraus und sprach:

»Wie kannst du, du albernes Mädchen, nur glauben, daß diese Nürnberger Holzpuppe Leben und Bewegung haben kann.«
»Aber, liebe Mutter«, fiel Marie ein, »ich weiß es ja wohl, daß der kleine Nußknacker der junge Herr Droßelmeier aus Nürnberg, Pate Droßelmeiers Neffe ist.«
Da brachen beide, der Medizinalrat und die Medizinalrätin, in ein schallendes Gelächter aus.
»Ach«, fuhr Marie beinahe weinend fort, »nun lachst du gar meinen Nußknakker aus, lieber Vater, und er hat doch von dir sehr gut gesprochen, denn als wir im Marzipanschloß ankamen und er mich seinen Schwestern, den Prinzessinnen, vorstellte, sagte er, du seist ein sehr achtungswerter Medizinalrat!«
Noch stärker wurde das Gelächter, in das auch Luise, ja sogar Fritz einstimmte. Da lief Marie ins andere Zimmer, holte schnell aus ihrem kleinen Kästchen die sieben Kronen des Mausekönigs herbei und überreichte sie der Mutter mit den Worten: »Da sieh nur, liebe Mutter, das sind die sieben Kronen des Mausekönigs, die mir in voriger Nacht der junge Herr Droßelmeier zum Zeichen seines Sieges überreichte.«
Voll Erstaunen betrachtete die Medizinalrätin die kleinen Krönchen, die von einem ganz unbekannten, aber sehr funkelnden Metall so sauber gearbeitet waren, als hätten Menschenhände das unmöglich vollbringen können. Auch der Medizinalrat konnte sich nicht sattsehen an den Krönchen, und beide, Vater und Mutter, drangen sehr ernst in Marien, zu gestehen, wo sie die Krönchen her habe. Sie konnte ja aber nur bei dem, was sie gesagt, stehen bleiben, und als sie nun der Vater hart anließ und sie sogar eine kleine Lügnerin schalt, da fing sie an, heftig zu weinen, und klagte: »Ach ich armes Kind, ich armes Kind! Was soll ich denn nun sagen!«
In dem Augenblick ging die Tür auf. Der Obergerichtsrat trat hinein und rief: »Was ist da – was ist da? Mein Patchen Marie weint und schluchzt? Was ist da – was ist da?«
Der Medizinalrat unterrichtete ihn von allem, was geschehen, indem er ihm die Krönchen zeigte. Kaum hatte der Obergerichtsrat aber diese angesehen, als er lachte und rief: »Toller Schnack, toller Schnack, das sind ja die Krönchen, die ich vor Jahren an meiner Uhrkette trug und die ich der kleinen Marie an ihrem Geburtstage, als sie zwei Jahre alt worden, schenkte. Wißt ihr's denn nicht mehr?«

Weder der Medizinalrat noch die Medizinalrätin konnten sich dessen erinnern, als aber Marie wahrnahm, daß die Gesichter der Eltern wieder freundlich geworden, da sprang sie los auf Pate Droßelmeier und rief: »Ach, du weißt ja alles, Pate Droßelmeier, sag es doch nur selbst, daß mein Nußknacker dein Neffe, der junge Herr Droßelmeier aus Nürnberg ist, und daß er mir die Krönchen geschenkt hat!«
Der Obergerichtsrat machte aber ein sehr finsteres Gesicht und murmelte: »Dummer einfältiger Schnack.«
Darauf nahm der Medizinalrat die kleine Marie vor sich und sprach sehr ernsthaft: »Hör mal, Marie, laß nun einmal die Einbildungen und Possen, und wenn du noch einmal sprichst, daß der einfältige mißgestaltete Nußknacker der Neffe des Herrn Obergerichtsrats sei, so werf ich nicht allein den Nußknakker, sondern auch alle deine übrigen Puppen, Mamsell Klärchen nicht ausgenommen, durchs Fenster.«
Nun durfte freilich die arme Marie gar nicht mehr davon sprechen, wovon denn doch ihr ganzes Gemüt erfüllt war, denn ihr möget es euch wohl denken, daß man solch Herrliches und Schönes, wie es Marien widerfahren, gar nicht vergessen kann. Selbst – sehr geehrter Leser oder Zuhörer Fritz – selbst dein Kamerad Fritz Stahlbaum drehte der Schwester sogleich den Rücken, wenn sie ihm von dem Wunderreiche, in dem sie so glücklich war, erzählen wollte. Er soll sogar manchmal zwischen den Zähnen gemurmelt haben: »Einfältige Gans!« Doch das kann ich seiner sonst erprobten guten Gemütsart halber nicht glauben, so viel ist aber gewiß, daß, da er nun an nichts mehr, was ihm Marie erzählte, glaubte, er seinen Husaren bei öffentlicher Parade das ihnen geschehene Unrecht förmlich abbat, ihnen statt der verlornen Feldzeichen viel höhere, schönere Büsche von Gänsekielen anheftete und ihnen auch wieder erlaubte, den Gardehusarenmarsch zu blasen. Nun – wir wissen am besten, wie es mit dem Mut der Husaren aussah, als sie von den häßlichen Kugeln Flecke auf die roten Wämser kriegten!
Sprechen durfte nun Marie nicht mehr von ihrem Abenteuer, aber die Bilder jenes wunderbaren Feenreichs umgaukelten sie in süßwogendem Rauschen und in holden lieblichen Klängen; sie sah alles noch einmal, sowie sie nur ihren Sinn fest darauf richtete, und so kam es, daß sie, statt zu spielen wie sonst, starr und still, tief in sich gekehrt dasitzen konnte, weshalb sie von allen eine kleine Träumerin gescholten wurde.

Es begab sich, daß der Obergerichtsrat einmal eine Uhr in dem Hause des Medizinalrats reparierte, Marie saß am Glasschrank und schaute, in ihre Träume vertieft, den Nußknacker an, da fuhr es ihr wie unwillkürlich heraus: »Ach, lieber Herr Droßelmeier, wenn Sie doch nur wirklich lebten, ich würd's nicht so machen wie Prinzessin Pirlipat und Sie verschmähen, weil Sie um meinetwillen aufgehört haben, ein hübscher junger Mann zu sein!«
In dem Augenblick schrie der Obergerichtsrat: »Hei, hei – toller Schnack.«
Aber in dem Augenblick geschah auch ein solcher Knall und Ruck, daß Marie ohnmächtig vom Stuhle sank. Als sie wieder erwachte, war die Mutter um sie beschäftigt und sprach: »Aber wie kannst du nur vom Stuhle fallen, ein so großes Mädchen! Hier ist der Neffe des Herrn Obergerichtsrats aus Nürnberg angekommen – sei hübsch artig!«
Sie blickte auf, der Obergerichtsrat hatte wieder seine Glasperücke aufgesetzt, seinen gelben Rock angezogen und lächelte sehr zufrieden, aber an seiner Hand hielt er einen zwar kleinen, aber sehr wohlgewachsenen jungen Mann. Wie Milch und Blut war sein Gesichtchen, er trug einen herrlichen roten Rock mit Gold, weißseidene Strümpfe und Schuhe, hatte im Jabot ein allerliebstes Blumenbouquet, war sehr zierlich frisiert und gepudert, und hinten über den Rücken hing ihm ein ganz vortrefflicher Zopf herab. Der kleine Degen an seiner Seite schien von lauter Juwelen, so blitzte er, und das Hütlein unterm Arm von Seidenflocken gewebt. Welche angenehme Sitten der junge Mann besaß, bewies er gleich dadurch, daß er Marien eine Menge herrlicher Spielsachen, vorzüglich aber den schönsten Marzipan und dieselben Figuren, welche der Mausekönig zerbissen, dem Fritz aber einen wunderschönen Säbel mitgebracht hatte. Bei Tische knackte der Artige für die ganze Gesellschaft Nüsse auf, die härtesten widerstanden ihm nicht, mit der rechten Hand steckte er sie in den Mund, mit der linken zog er den Zopf an – krak – zerfiel die Nuß in Stücke!

Marie war glutrot geworden, als sie den jungen artigen Mann erblickte, und noch röter wurde sie, als nach Tische der junge Droßelmeier sie einlud, mit ihm in das Wohnzimmer an den Glasschrank zu gehen.
»Spielt nur hübsch miteinander, ihr Kinder, ich habe nun, da alle meine Uhren richtig gehen, nichts dagegen«, rief der Obergerichtsrat.
Kaum war aber der junge Droßelmeier mit Marien allein, als er sich auf ein Knie niederließ und also sprach: »O meine allervortrefflichste Demoiselle

Stahlbaum, sehn Sie hier zu Ihren Füßen den beglückten Droßelmeier, dem Sie an dieser Stelle das Leben retteten! Sie sprachen es gütigst aus, daß Sie mich nicht wie die garstige Prinzessin Pirlipat verschmähen wollten, wenn ich Ihretwillen häßlich geworden! Sogleich hörte ich auf, ein schnöder Nußknakker zu sein, und erhielt meine vorige nicht unangenehme Gestalt wieder. O vortreffliche Demoiselle, beglücken Sie mich mit Ihrer werten Hand, teilen Sie mit mir Reich und Krone, herrschen Sie mit mir auf Marzipanschloß, denn dort bin ich jetzt König!«
Marie hob den Jüngling auf und sprach leise: »Lieber Herr Droßelmeier! Sie sind ein sanftmütiger guter Mensch, und da Sie dazu noch ein anmutiges Land mit sehr hübschen lustigen Leuten regieren, so nehme ich Sie zum Bräutigam an!«
Hierauf wurde Marie sogleich Droßelmeiers Braut. Nach Jahresfrist hat er sie, wie man sagt, auf einem goldnen, von silbernen Pferden gezogenen Wagen abgeholt. Auf der Hochzeit tanzten zweiundzwanzigtausend der glänzendsten, mit Perlen und Diamanten geschmückten Figuren, und Marie soll noch zur Stunde Königin eines Landes sein, in dem man überall funkelnde Weihnachtswälder, durchsichtige Marzipanschlösser, kurz, die allerherrlichsten, wunderbarsten Dinge erblicken kann, wenn man nur darnach Augen hat.

Das war das Märchen vom Nußknacker und Mausekönig.

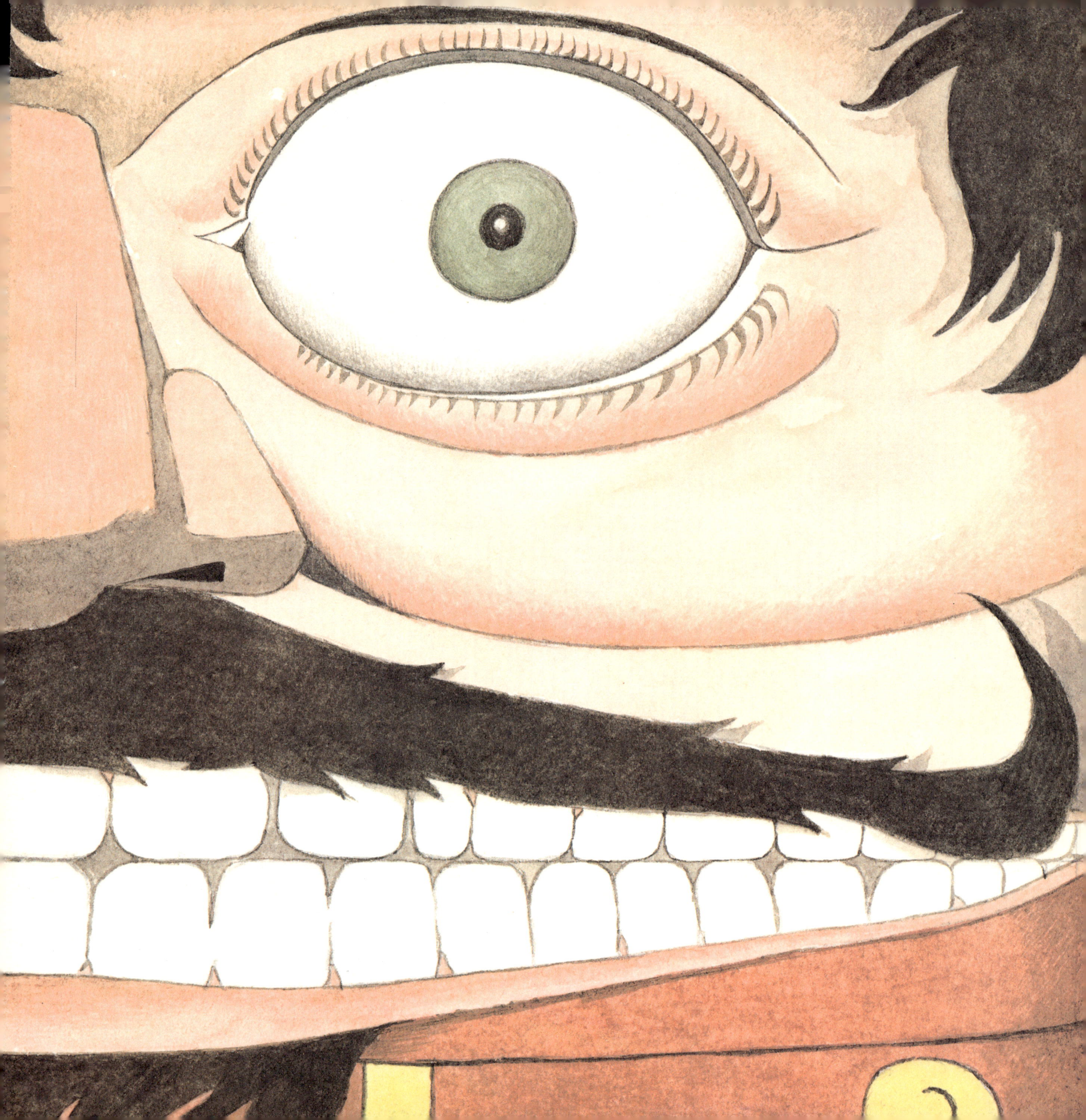

Danksagung

Unmittelbar nach der Premiere des *Nußknackers* in Seattle/Washington wurde ich Zeuge einer Tradition, die ich schön und angemessen fand. Kent Stowell, der Direktor des *Pacific Northwest Ballet*, führte erst die Tänzerinnen, Tänzer und Künstler, die am unmittelbarsten mit dem *Nußknacker* zu tun hatten, an die Rampe – und dann geleitete er eine lange Reihe von Mitarbeitern vor die Augen des Publikums, die hinter der Szene gewirkt hatten und ohne die diese gewaltige Arbeit nie hätte durchgeführt werden können. Das war eine großzügige, faire Geste. Und das war auch hübsch anzusehen, wie sich unter die festlichen Gewänder und schwarzen Krawatten plötzlich Bluejans und Malerkittel mischten.

Auf der Bühne des Opernhauses von Seattle standen Künstler, die die Komplexität einer Inszenierung verkörperten, an der eine ganze Stadt mitgewirkt hatte, Künstler aus Amerika, Kanada und England. Es waren so viele, daß ich ihnen hier nur mit einem herzlichen Gruß für ihre unschätzbare Hilfe danken kann.

Im Sinne der schönen Tradition, die ich an diesem Abend miterlebte, danke ich der Stadt Seattle für ihre Begeisterung und für ihre finanzielle und moralische Unterstützung.

Und im Geiste dieser Inszenierung möchte ich auch einigen von denen danken, durch deren künstlerische oder handwerkliche Leistung der *Nußknacker* zum Leben erweckt wurde.

Seattle: Jerome Sanford, Shef und Patty Phelps, Jane Lang, Dr. Herschell Boyd und Frau, Paula Prewett, Stewart Kershaw, Lisa McCallister, Jeff Lincoln, Peter Gantt, Skip Templeton, Thomas Fichter, Laurel Cancilla, Larae Hascall, Eleanor von Dassow, Wayne Gerou, Rebecca Wakefield, Lisa Havens, Keith Brumley, Mark Zappone, Joan Purswell, Irv Huck, Jane Hayes Andrew, E. J. Schlesinger, Phyllis Herford, Elizabeth Rummage, Lisa Wood, Kristin Fortier, Carol Mockridge, Marlene Moore, Laura McCreery, Jody Allen, Michael McDonald, Howard Neslen, Christopher, Ethan (François), Darren (Jacques), Jan Johnston, Greg Jones, Bob Breeden, Kevin Beaty, Leslie Martin, den Mitarbeitern und den Kindern des PNB; *Montreal:* Miles McCarthy, Karen Ryan; *Portland/Oregon:* Scott MacGregor; *New York City:* Ken Billington, Jeffrey Schissler, Grace Costumes, Bruce Harris, Ken Sansone, Rusty Porter, Ed Otto, Sheldon Fogelman; *San Francisco:* Pierre Cayard; *Lewes (Sussex, England):* Paul Fowlwer.

Ganz besonders danken möchte ich Peter Horne, Michael Hagen, Sandra Woodall, Randy Chiarelli und Murray Johnson.

Und schließlich danke ich noch von ganzem Herzen Eugene Glynn, Lynn Caponera und Erda und Io in Ridgefield/Connecticut.

Die amerikanische Originalausgabe erschien unter dem Titel
»Nutcracker« bei Crown Publishers, Inc., New York

Layout von Ken Sansone
Übersetzung des Vorwortes von Götz Pommer
Lektorat: Ursula Heckel
Satz: Filmsatz Schröter GmbH, München
Druck- und Bindearbeiten: Toppan Printing Co., Ltd., Tokyo
ISBN 3-570-05882-4 · Printed in Japan